Александр

Блок

Александр Блок

Александр
Блок

Незнакомка

МОСКВА
ЭКСМО
2007

УДК 882
ББК 84(2Рос-Рус)6-5
Б 70

*Самое лучшее, самое любимое —
в книгах этой серии.*

Серия основана в 2001 году

Оформление художника *Е. Ененко*

В оформлении использована работа
художника *И. Н. Крамского* «Неизвестная».

Блок А. А.
Б 70 Незнакомка: Стихотворения и поэмы. — М.: Эксмо, 2007.— 384 с.: ил.

ISBN 5-699-11493-9

Поэзия Александра Блока высока и чиста, в ней, по словам М. Цветаевой, «мало земных примет». Тому, кто однажды ощутил ее магическую силу, начинает казаться, что и он приобщился к неким Истинам и Таинствам.

УДК 882
ББК 84(2Рос-Рус)6-5

ISBN 5-699-11493-9

Я искал голубую дорогу

Александръ Блокъ
Стихи
о прекрасной
дамѣ·
Книгоиздательство
«Грифъ»
Москва
1905

Из цикла «ANTE LUCEM»[1]
(1898–1900)

* * *

Мне снилась снова ты, в цветах,
на шумной сцене,
Безумная, как страсть, спокойная, как сон,
А я, повергнутый, склонял свои колени
И думал: «Счастье там, я снова покорен!»
Но ты, Офелия, смотрела на Гамлета
Без счастья, без любви, богиня красоты,
А розы сыпались на бедного поэта,
И с розами лились, лились его мечты...
Ты умерла, вся в розовом сияньи,
С цветами на груди, с цветами на кудрях,
А я стоял в твоем благоуханьи,
С цветами на груди, на голове, в руках...

23 декабря 1898

---

[1] До света (*лат.*).

ПЕСНЯ ОФЕЛИИ

Разлучаясь с девой милой,
Друг, ты клялся мне любить!..
Уезжая в край постылый,
Клятву данную хранить!..

Там, за Данией счастливой,
Берега твои во мгле...
Вал сердитый, говорливый
Моет слезы на скале...

Милый воин не вернется,
Весь одетый в серебро...
В гробе тяжко всколыхнется
Бант и черное перо...

8 февраля 1899

SERVUS – REGINAE[1]

Не призывай. И без призыва
Приду во храм.
Склонюсь главою молчаливо
К твоим ногам.

И буду слушать приказанья
И робко ждать.
Ловить мгновенные свиданья
И вновь желать.

Твоих страстей повержен силой,
Под игом слаб.
Порой – слуга; порою – милый;
И вечно – раб.

14 октября 1899

[1] Слуга – царице (*лат.*).

* * *

Не призывай и не сули
Душе былого вдохновенья.
Я — одинокий сын земли,
Ты — лучезарное виденье.

Земля пустынна, ночь бледна,
Недвижно лунное сиянье,
В звездах — немая тишина —
Обитель страха и молчанья.

Я знаю твой победный лик,
Призывный голос слышу ясно,
Душе понятен твой язык,
Но ты зовешь меня напрасно.

Земля пустынна, ночь бледна,
Не жди былого обаянья,
В моей душе отражена
Обитель страха и молчанья.

1 июня 1900

* * *

Ты была у окна,
И чиста и нежна,
Ты царила над шумной толпой.
Я стоял позабыт
И толпою сокрыт
В поклоненьи любви пред тобой.

Мне казалось тогда,
Что теперь и всегда
Ты без мысли смотрела вперед.

А внизу, у окна,
Как морская волна,
Пред тобой колыхался народ.

Поклоненьем горда,
Ты казалась всегда
Одинокой и властной мечтой.
И никто не слыхал,
Как твой голос звучал, —
Ты в молчаньи владела толпой.

Я стоял позабыт
И толпою сокрыт.
Ты без мысли смотрела вперед,
И чиста, и нежна;
А внизу, у окна,
Вкруг меня волновался народ.

12 октября 1900

Из цикла
«СТИХИ О ПРЕКРАСНОЙ ДАМЕ»
(1901–1902)

ВСТУПЛЕНИЕ

Отдых напрасен. Дорога крута.
Вечер прекрасен. Стучу в ворота.

Дольнему стуку чужда и строга,
Ты рассыпаешь кругом жемчуга.

Терем высок, и заря замерла.
Красная тайна у входа легла.

Кто поджигал на заре терема,
Что воздвигала Царевна Сама?

Каждый конек на узорной резьбе
Красное пламя бросает к тебе.

Купол стремится в лазурную высь.
Синие окна румянцем зажглись.

Все колокольные звоны гудят.
Залит весной беззакатный наряд.

Ты ли меня на закатах ждала?
Терем зажгла? Ворота отперла?

28 декабря 1903

* * *

Я вышел. Медленно сходили
На землю сумерки зимы.
Минувших дней младые были
Пришли доверчиво из тьмы...

Пришли и встали за плечами,
И пели с ветром о весне...
И тихими я шел шагами,
Провидя вечность в глубине...

О, лучших дней живые были!
Под вашу песнь из глубины
На землю сумерки сходили
И вечности вставали сны!..

25 января 1901.
С.-Петербург

* * *

Ветер принес издалёка
Песни весенней намек,
Где-то светло и глубоко
Неба открылся клочок.

В этой бездонной лазури,
В сумерках близкой весны
Плакали зимние бури,
Реяли звездные сны.

Робко, темно и глубоко
Плакали струны мои.
Ветер принес издалёка
Звучные песни твои.

29 января 1901

И песен моих мне мало, и часто я жалею о них, о их бледности, о самой невозможности языка человеческого сказать все, что бессильно вырывается и не может прорваться. Нужны церковные возгласы, новые храмы, небывало целомудренные, девственные одежды, неслыханные, нездешние голоса и такие своды, которым и конца нет... Ты — Заря моя... Я перед Тобой, коленопреклоненный, клянусь Тебе, что это так, что мне без Тебя — смерть, а с Тобой — Любовь.

Твой, пока живу, пока дышу, до конца.

12 ноября

Прекрасней Тебя — нет.

17 ноября

Я молюсь о счастье, Ты сияешь мне.

31 декабря

Из писем А. Блока
Л.Д. Менделеевой. 1902 г.

* * *

Ныне, полный блаженства,
Перед Божьим чертогом
Жду прекрасного ангела
С благовестным мечом.

Ныне сжалься, о Боже,
Над блаженным рабом!
Вышли ангела, Боже,
С нежно-белым крылом!

Боже! Боже!
О, поверь моей молитве,
В ней душа моя горит!
Извлеки из жалкой битвы
Истомленного раба!

15 февраля 1901

* * *

Ты отходишь в сумрак алый,
В бесконечные круги.
Я послышал отзвук малый,
Отдаленные шаги.

Близко ты, или далече
Затерялась в вышине?
Ждать иль нет внезапной встречи
В этой звучной тишине?

В тишине звучат сильнее
Отдаленные шаги.
Ты ль смыкаешь, пламенея,
Бесконечные круги?

6 марта 1901

* * *

Небесное умом не измеримо,
Лазурное сокрыто от умов.
Лишь изредка приносят серафимы
Священный сон избранникам миров.

И мнилась мне Российская Венера,
Тяжелою туникой повита,
Бесстрастна в чистоте, нерадостна без меры,
В чертах лица — спокойная мечта.

Она сошла на землю не впервые,
Но вкруг нее толпятся в первый раз
Богатыри не те, и витязи иные…
И странен блеск ее глубоких глаз…

29 мая 1901. С. Шахматово

* * *

И тяжкий сон житейского
сознанья
Ты отряхнешь, тоскуя и любя.
Вл. Соловьев

Предчувствую Тебя. Года проходят мимо —
Всё в облике одном предчувствую Тебя.

Весь горизонт в огне — и ясен нестерпимо,
И молча жду, — *тоскуя и любя.*

Весь горизонт в огне, и близко появленье,
Но страшно мне: изменишь облик Ты,

И дерзкое возбудишь подозренье,
Сменив в конце привычные черты.

О, как паду — и горестно, и низко,
Не одолев смертельныя мечты!

Как ясен горизонт! И лучезарность близко.
Но страшно мне: изменишь облик Ты.

4 июня 1901. С. Шахматово

* * *

За туманом, за лесами
Загорится — пропадет.
Еду влажными полями —
Снова издали мелькнет.

Так блудящими огнями
Поздней ночью, за рекой,
Над печальными лугами
Мы встречаемся с Тобой.

Но и ночью нет ответа,
Ты уйдешь в речной камыш,
Унося источник света,
Снова издали манишь.

14 июня 1901

* * *

Сегодня шла Ты одиноко,
Я не видал Твоих чудес.
Там, над горой Твоей высокой,
Зубчатый простирался лес.

И этот лес, сомкну́тый тесно,
И эти горные пути
Мешали слиться с неизвествым,
Твоей лазурью процвести.

22 июня 1901

* * *

Я жду призыва, ищу ответа,
Немеет небо, земля в молчаньи,
За желтой нивой — далеко где-то —
На миг проснулось мое воззванье.

Из отголосков далекой речи,
С ночного неба, с полей дремотных,
Все мнятся тайны грядущей встречи,
Свиданий ясных, но мимолетных.

Я жду — и трепет объемлет новый,
Всё ярче небо, молчанье глуше…
Ночную тайну разрушит слово…
Помилуй, Боже, ночные души!

На миг проснулось за нивой, где-то,
Далеким эхом мое воззванье.
Все жду призыва, ищу ответа,
Но странно длится земли молчанье…

7 июля 1901

* * *

Дождешься ль вечерней порой
Опять и желанья, и лодки,
Весла и огня за рекой?

Фет

Сумерки, сумерки вешние,
Хладные волны у ног,
В сердце — надежды нездешние,
Волны бегут на песок.

Отзвуки, песня далекая,
Но различить — не могу.
Плачет душа одинокая
Там, на другом берегу.

Тайна ль моя совершается,
Ты ли зовешь вдалеке?
Лодка ныряет, качается,
Что-то бежит по реке.

В сердце — надежды нездешние,
Кто-то навстречу — бегу...
Отблески, сумерки вешние,
Клики на том берегу.

16 августа 1901

* * *

Ты горишь над высокой горою,
Недоступна в Своем терему.
Я примчуся вечерней порою,
В упоеньи мечту обниму.

Ты, заслышав меня издалека,
Свой костер разведешь ввечеру.
Стану, верный велениям Рока,
Постигать огневую игру.

И, когда среди мрака снопами
Искры станут кружиться в дыму, —
Я умчусь с огневыми кругами
И настигну Тебя в терему.

18 августа 1901

* * *

Встану я в утро туманное,
Солнце ударит в лицо.
Ты ли, подруга желанная,
Всходишь ко мне на крыльцо?

Настежь ворота тяжелые!
Ветром пахнуло в окно!
Песни такие веселые
Не раздавались давно!

С ними и в утро туманное
Солнце и ветер в лицо!
С ними подруга желанная
Всходит ко мне на крыльцо!

3 октября 1901

* * *

С. Соловьеву

Бегут неверные дневные тени.
Высок и внятен колокольный зов.
Озарены церковные ступени,
Их камень жив — и ждет твоих шагов.

Ты здесь пройдешь, холодный камень тронешь,
Одетый страшной святостью веков,
И, может быть, цветок весны уронишь
Здесь, в этой мгле, у строгих образов.

Растут невнятно розовые тени,
Высок и внятен колокольный зов,
Ложится мгла на старые ступени...
Я озарен — я жду твоих шагов.

4 января 1902

* * *

И нам недолго любоваться
На эти, здешние, пиры:
Пред нами тайны обнажатся,
Возблещут дальные миры.

Январь 1902

* * *

И Дух и Невеста говорят: прииди.

Апокалипсис

Верю в Солнце Завета,
Вижу зори вдали.
Жду вселенского света
От весенней земли.

Все дышавшее ложью
Отшатнулось, дрожа.
Предо мной — к бездорожью
Золотая межа.

Заповеданных лилий
Прохожу я леса.
Полны ангельских крылий
Надо мной небеса.

Непостижного света
Задрожали струи.
Верю в Солнце Завета,
Вижу очи Твои.

22 февраля 1902

* * *

Целый день передо мною,
Молодая, золотая,
Ярким солнцем залитая,
Шла Ты яркою стезею.

Так, сливаясь с милой, дальной,
Проводил я день весенний
И вечерней светлой тени
Шел навстречу, беспечальный.

Дней блаженных сновиденье —
Шла Ты чистою стезею.
О, взойди же предо мною
Не в одном воображеньи!

Февраль 1902

* * *

Я медленно сходил с ума
У двери той, которой жажду.
Весенний день сменяла тьма,
И только разжигала жажду.

Я плакал, страстью утомясь,
И стоны заглушал угрюмо.
Уже двоилась, шевелясь,
Безумная, больная дума.

И проникала в тишину
Моей души, уже безумной,
И залила мою весну
Волною черной и бесшумной.

Весенний день сменяла тьма,
Хладело сердце над могилой.
Я медленно сходил с ума,
Я думал холодно о милой.

Март 1902

* * *

Я – тварь дрожащая. Лучами
Озарены, коснеют сны.
Перед Твоими глуби́нами
Мои ничтожны глубины́.
Не знаешь Ты, какие цели
Таишь в глубинах Роз Твоих,

Какие ангелы слетели,
Кто у преддверия затих…
В Тебе таятся в ожиданьи
Великий свет и злая тьма –
Разгадка всякого познанья
И бред великого ума.

26 апреля 1902

* * *

Мы встречались с тобой на закате,
Ты веслом рассекала залив.
Я любил твое белое платье,
Утонченность мечты разлюбив.

Были странны безмолвные встречи.
Впереди — на песчаной косе
Загорались вечерние свечи.
Кто-то думал о бледной красе.

Приближений, сближений, сгораний —
Не приемлет лазурная тишь...
Мы встречались в вечернем тумане,
Где у берега рябь и камыш.

Ни тоски, ни любви, ни обиды,
Все померкло, прошло, отошло...
Белый стан, голоса панихиды
И твое золотое весло.

13 мая 1902

* * *

Тебя скрывали туманы,
И самый голос был слаб.
Я помню эти обманы,
Я помню, покорный раб.

Тебя венчала корона
Еще рассветных причуд.
Я помню ступени трона
И первый твой строгий суд.

Какие бледные платья!
Какая странная тишь!
И лилий полны объятья,
И ты без мысли глядишь…

Кто знает, где это было?
Куда упала Звезда?
Какие слова говорила,
Говорила ли ты тогда?

Но разве мог не узнать я
Белый речной цветок,
И эти бледные платья,
И странный, белый намек?

Май 1902

* * *

> Имеющий невесту есть жених; а друг жениха, стоящий и внимающий ему, радостью радуется, слыша голос жениха.
>
> *От Иоанна III, 29*

Я, отрок, зажигаю свечи,
Огонь кадильный берегу.
Она без мысли и без речи
На том смеется берегу.

Люблю вечернее моленье
У белой церкви над рекой,
Передзакатное селенье
И сумрак мутно-голубой.

Покорный ласковому взгляду,
Любуюсь тайной красоты,
И за церковную ограду
Бросаю белые цветы.

Падет туманная завеса.
Жених сойдет из алтаря.
И от вершин зубчатых леса
Забрежжит брачная заря.

7 июля 1902

* * *

Я и молод, и свеж, и влюблен,
Я в тревоге, в тоске и в мольбе,
Зеленею, таинственный клен,
Неизменно склоненный к тебе.
Теплый ветер пройдет по листам —
Задрожат от молитвы стволы,
На лице, обращенном к звездам, —
Ароматные слезы хвалы.
Ты придешь под широкий шатер
В эти бледные сонные дни
Заглядеться на милый убор,
Размечтаться в зеленой тени.
Ты одна, влюблена и со мной,
Нашепчу я таинственный сон,
И до ночи — с тоскою, с тобой,
Я с тобой, зеленеющий клен.

31 июля 1902

* * *

Она стройна и высока,
Всегда надменна и сурова.
Я каждый день издалека
Следил за ней, на все готовый.

Я знал часы, когда сойдет
Она — и с нею отблеск шаткий.
И, как злодей, за поворот
Бежал за ней, играя в прятки.

Мелькали желтые огни
И электрические свечи.
И он встречал ее в тени,
А я следил и пел их встречи.

Когда, внезапно смущены,
Они предчувствовали что-то,
Меня скрывали в глубины́
Слепые темные ворота.

И я, невидимый для всех,
Следил мужчины профиль грубый,
Ее сребристо-черный мех
И что-то шепчущие губы.

27 сентября 1902

RELIGIO[1]

1

Любил я нежные слова.
Искал таинственных соцветий.
И, прозревающий едва,
Еще шумел, как в играх дети.

Но, выходя под утро в луг,
Твердя невнятные напевы,
Я знал Тебя, мой вечный друг,
Тебя, Хранительница-Дева.

Я знал, задумчивый поэт,
Что ни один не ведал гений
Такой свободы, как обет
Моих невольничьих Служений.

18 октября 1902

---

[1] Благочестие (*лат.*).

2

Безмолвный призрак в терему,
Я — черный раб проклятой крови.
Я соблюдаю полутьму
В Ее нетронутом алькове.

Я стерегу Ее ключи
И с Ней присутствую, незримый,
Когда скрещаются мечи
За красоту Недостижимой.

Мой голос глух, мой волос сед.
Черты до ужаса недвижны.
Со мной всю жизнь — один Завет:
Завет служенья Непостижной.

18 октября 1902

* * *

Вхожу я в темные храмы,
Совершаю бедный обряд.
Там жду я Прекрасной Дамы
В мерцаньи красных лампад.

В тени у высокой колонны
Дрожу от скрипа дверей.
А в лицо мне глядит, озаренный,
Только образ, лишь сон о Ней.

О, я привык к этим ризам
Величавой Вечной Жены!
Высоко бегут по карнизам
Улыбки, сказки и сны.

О, Святая, как ласковы свечи,
Как отрадны Твои черты!
Мне не слышны ни вздохи, ни речи,
Но я верю: Милая — Ты.

25 октября 1902

* * *

Ты свята, но я Тебе не верю,
И давно всё знаю наперед:
Будет день, и распахнутся двери,
Вереница белая пройдет.

Будут страшны, будут несказанны
Неземные маски лиц…
Буду я взывать к Тебе: «Осанна!»
Сумасшедший, распростертый ниц.

И тогда, поднявшись выше тлена,
Ты откроешь Лучезарный Лик.
И, свободный от земного плена,
Я пролью всю жизнь в последний крик.

29 октября 1902

* * *

Мне страшно с Тобой встречаться
Страшнее Тебя не встречать.
Я стал всему удивляться,
На всем уловил печать.

По улице ходят тени,
Не пойму — живут или спят.
Прильнув к церковной ступени,
Боюсь оглянуться назад.

Кладут мне на плечи руки,
Но я не помню имен.
В ушах раздаются звуки
Недавних больших похорон.

А хмурое небо низко —
Покрыло и самый храм.
Я знаю: Ты здесь. Ты близко.
Тебя здесь нет. Ты — там.

5 ноября 1902

* * *

Дома растут, как желанья,
Но взгляни внезапно назад:
Там, где было белое зданье,
Увидишь ты черный смрад.

Так все вещи меняют место,
Неприметно уходят ввысь.
Ты, Орфей, потерял невесту, —
Кто шепнул тебе: «Оглянись...»?

Я закрою голову белым,
Закричу и кинусь в поток.
И всплывет, качнется над телом
Благовонный, речной цветок.

5 ноября 1902

Подходило 7-е ноября, день нашего курсового вечера в Дворянском собрании. И мне вдруг стало ясно: объяснение будет в этот вечер. Не волнение, а любопытство и нетерпение меня одолевали.

Дальше все было очень странно, если не допускать какого-то предопределения и моей абсолютной несвободы в поступках. Я действовала совершенно точно и знала, что́ и как будет.

Я была на вечере с моими курсовыми подругами — Шурой Никитиной и Верой Макоцковой. На мне было мое парижское суконное голубое платье. Мы сидели на хорах в последних рядах, на уже сбитых в беспорядке стульях, невдалеке от винтовой лестницы, ведущей вниз влево от входа, если стоять лицом к эстраде. Я повернулась к этой лестнице, смотрела неотступно и знала: сейчас покажется на ней Блок.

Блок подымался, ища меня глазами, и прямо подошел к нашей группе. Потом он говорил, что, придя в Дворянское собрание, сразу же направился сюда, хотя прежде на хорах я и мои подруги никогда не бывали. Дальше я уже не сопротивлялась судьбе; по лицу Блока я видела, что сегодня все решится, и затуманило меня какое-то странное чувство: что меня уже больше по спрашивают ни о чем, пойдет все само, вне моей воли, помимо моей воли.

Вечер проводили как всегда, только фразы, которыми мы обменивались с Блоком, были какие-то в полтона, не то как несущественное, не то как у уже договорившихся людей. Так, часа в два он спросил, не устала ли я и не хочу ли идти домой. Я сейчас же согласилась. Когда я надевала свою красную ротонду, меня била лихорадка, как перед всяким надвигающимся событием. Блок был взволнован не менее меня.

Мы вышли молча, и молча, но сговариваясь, пошли вправо по Итальянской, к Моховой, к Литейной — нашим местам. Была очень морозная, снежная ночь. Взвивались снежные вихри. Снег лежал сугробами, глубокий и чистый. Блок начал говорить. Как начал — не помню, но когда мы подходили к Фонтанке, к Семеновскому мосту, он говорил, что любит, что его судьба — в моем ответе. Помню, я отвечала, что теперь уже поздно об этом говорить, что я уже не люблю, что долго ждала его слов и что если и прощу его молчание, вряд ли это чему-нибудь поможет. Блок продолжал говорить как-то мимо моего ответа, и я его слушала. Я отдавалась привычному вниманию, привычной вере в его слова. Он говорил, что для него вопрос жизни в том, как я приму его слова, и еще долго, долго. Это не запомнилось, но письма, дневники того времени говорят тем же языком. Помню, что я в душе не оттаивала, но действовала как-то помимо воли этой минуты, каким-то нашим прошлым, несколько автоматически. В каких словах я приняла его любовь, что сказала — не помню, но только Блок вынул из кармана сложенный листок, отдал мне, говоря, что если б не мой ответ, утром его уже не было бы в живых. Этот листок я скомкала, и он хранится весь пожелтевший, со следами снега.

Л. Д. Блок

Сегодня 7 ноября 1902 года совершилось то, чего никогда еще не было, чего я ждал четыре года. Кончаю как эту тетрадь, так и тетрадь моих стихов сего 7 ноября (в ночь с 7-го на 8-е).

А. Блок. Дневник.
7—8 ноября 1902 г.

Из цикла «РАСПУТЬЯ»
(1902–1904)

* * *

Я их хранил в приделе Иоанна,
Недвижный страж, — хранил огонь лампад.

И вот — Она, и к Ней — моя Осанна —
Венец трудов — превыше всех наград.

Я скрыл лицо, и проходили годы.
Я пребывал в Служеньи много лет.

И вот зажглись лучом вечерним своды,
Она дала мне Царственный Ответ.

Я здесь один хранил и теплил свечи.
Один — пророк — дрожал в дыму кадил.

И в Оный День — один участник Встречи —
Я этих Встреч ни с кем не разделил.

8 ноября 1902

* * *

Стою у власти, душой одинок,
Владыка земной красоты.
Ты, полный страсти ночной цветок,
Полюбила мои черты.

Склоняясь низко к моей груди,
Ты печальна, мой вешний цвет.

Здесь сердце близко, но там впереди
Разгадки для жизни нет.

И, многовластный, числю, как встарь,
Ворожу и гадаю вновь,
Как с жизнью страстной я, мудрый царь,
Сочетаю Тебя, Любовь?

14 ноября 1902

ПЕСНЯ ОФЕЛИИ

Он вчера нашептал мне много,
Нашептал мне страшное, страшное...
Он ушел печальной дорогой,
А я забыла вчерашнее —
забыла вчерашнее.

Вчера это было — давно ли?
Отчего он такой молчаливый?
Я не нашла моих лилий в поле,
Я не искала плакучей ивы —
плакучей ивы.

Ах, давно ли! Со мною, со мною
Говорили — и меня целовали...
И не помню, не помню — скрою,
О чем берега шептали —
берега шептали.

Я видела в каждой былинке
Дорогое лицо его страшное...
Он ушел по той же тропинке,

Куда уходило вчерашнее —
уходило вчерашнее...

Я одна приютилась в поле,
И не стало больше печали.

Вчера это было — давно ли?
Со мной говорили, и меня целовали —
меня целовали.

23 ноября 1902

* * *

Царица смотрела заставки —
Буквы из красной позолоты.
Зажигала красные лампадки,
Молилась богородице кроткой.

Протекали над книгой Глубинной
Синие ночи царицы.
А к Царевне с вышки голубиной
Прилетали белые птицы.

Рассыпала Царевна зерна,
И плескались белые перья.
Голуби ворковали покорно
В терему — под узорчатой дверью.

Царевна румяней царицы —
Царицы, ищущей смысла.
В книге на каждой странице
Золотые да красные числа.

Отворилось облако высóко,
И упала Голубиная книга.
А к Царевне из лазурного ока
Прилетела воркующая птица.

Царевне так томно и сладко –
Царевна-Невеста, что лампадка.
У царицы синие загадки –
Золотые да красные заставки.

Поклонись, царица, Царевне,
Царевне золотокудрой:
От твоей глубинности древней –
Голубиной кротости мудрой.

Ты сильна, царица, глубинностью,
В твоей книге раззолочены страницы.
А Невеста одной невинностью
Твои числа замолит, царица.

14 декабря 1902

* * *

Покраснели и гаснут ступени.
Ты сказала сама: «Приду».
У входа в сумрак молений
Я открыл мое сердце. — Жду.

Что скажу я тебе — не знаю.
Может быть, от счастья умру.
Но огнем вечерним сгорая,
Привлеку и тебя к костру.

Расцветает красное пламя.
Неожиданно сны сбылись.
Ты идешь. Над храмом, над нами —
Беззакатная глубь и высь.

25 декабря 1902

* * *

Я искал голубую дорогу
И кричал, оглушенный людьми,
Подходя к золотому порогу,
Затихал пред Твоими дверьми.

Проходила Ты в дальние залы,
Величава, тиха и строга.
Я носил за Тобой покрывало
И смотрел на Твои жемчуга.

Декабрь 1902

* * *

Потемнели, поблекли залы.
Почернела решетка окна.
У дверей шептались вассалы:
«Королева, королева больна».

И король, нахмуривший брови,
Проходил без пажей и слуг.
И в каждом брошенном слове
Ловили смертный недуг.

У дверей затихнувшей спальни
Я плакал, сжимая кольцо.
Там — в конце галлереи дальней
Кто-то вторил, закрыв лицо.

У дверей Несравненной Дамы
Я рыдал в плаще голубом.
И, шатаясь, вторил тот самый —
Незнакомец с бледным лицом.

4 февраля 1903

* * *

С. Соловьеву

У забытых могил пробивалась трава,
Мы забыли вчера… И забыли слова…
И настала кругом тишина…

Этой смертью отшедших, сгоревших дотла,
Разве Ты не жива? Разве Ты не светла?
Разве сердце Твое — не весна?

Только здесь и дышать, у подножья могил,
Где когда-то я нежные песни сложил
О свиданьи, быть может, с Тобой…

Где впервые в мои восковые черты
Отдаленною жизнью повеяла Ты,
Пробиваясь могильной травой…

1 апреля 1903

* * *

Скрипка стонет под горой.
В сонном парке вечер длинный,
Вечер длинный — Лик Невинный,
Образ девушки со мной.

Скрипки стон неутомимый
Напевает мне: «Живи...»
Образ девушки любимой —
Повесть ласковой любви.

Июнь 1903. Bad Nauheim

* * *

Ей было пятнадцать лет. Но по стуку
Сердца — невестой быть мне могла.
Когда я, смеясь, предложил ей руку,
Она засмеялась и ушла.

Это было давно. С тех пор проходили
Никому не известные годы и сроки.
Мы редко встречались и мало говорили,
Но молчанья были глубоки.

И зимней ночью, верен сновиденью,
Я вышел из людных и ярких зал,
Где душные маски улыбались пенью,
Где я ее глазами жадно провожал.

И она вышла за мной, покорная,
Сама не ведая, что́ будет через миг.
И видела лишь ночь городская, черная,
Как прошли и скрылись: невеста и жених.

И в день морозный, солнечный, красный —
Мы встретились в храме — в глубокой тишине:
Мы поняли, что годы молчанья были ясны,
И то, что свершилось, — свершилось в вышине.

Этой повестью долгих, блаженных исканий
Полна моя душная, песенная грудь.
Из этих песен создал я зданье,
А другие песни — спою когда-нибудь.

16 июня 1903. Bad Nauheim

Любовь Дмитриевна носила розовые платья, а великолепные золотистые волосы заплетала в косу. Нежный бело-розовый цвет лица, черные брови, детские голубые глаза и строгий, неприступный вид. Такова была Любовь Дмитриевна того времени.

М. А. Бекетова

* * *

Пристань безмолвна. Земля близка.
Земли не видно. Ночь глубока.

Стою на серых мокрых досках.
Буря хохочет в седых кудрях.

И слышу, слышу, будто кричу:
«Поставьте в море на камне свечу!

Когда пристанет челнок жены,
Мы будем вместе с ней спасены!»

И страшно, и тяжко в мокрый песок
Бьют волны, шлют волны седой намек...

Она далёко. Ответа нет.
Проклятое море, дай мне ответ!

Далёко, там, камень! Там ставьте свечу!
И сам не знаю, я ли кричу.

Июль 1903. С. Шахматово

* * *

Когда я уйду на покой от времен,
Уйду от хулы и похвал,
Ты вспомни ту нежность, тот ласковый сон,
Которым я цвел и дышал.

Я знаю, не вспомнишь Ты, Светлая, зла,
Которое билось во мне,
Когда подходила Ты, стройно-бела,
Как лебедь, к моей глубине.

Не я возмущал Твою гордую лень —
То чуждая сила его.

Холодная туча смущала мой день, —
Твой день был светлей моего.

Ты вспомнишь, когда я уйду на покой,
Исчезну за синей чертой, —
Одну только песню, что пел я с Тобой,
Что Ты повторяла за мной.

1 ноября 1903

* * *

Мой любимый, мой князь, мой жених,
Ты печален в цветистом лугу.
Павиликой средь нив золотых
Завилась я на том берегу.

Я ловлю твои сны на лету
Бледно-белым прозрачным цветком,
Ты сомнешь меня в полном цвету
Белогрудым усталым конем.

Ах, бессмертье мое растопчи, —
Я огонь для тебя сберегу.
Робко пламя церковной свечи
У заутрени бледной зажгу.

В церкви станешь ты, бледен лицом,
И к царице небесной придешь, —
Колыхнусь восковым огоньком,
Дам почуять знакомую дрожь...

Над тобой — как свеча — я тиха,
Пред тобой — как цветок — я нежна.
Жду тебя, моего жениха,
Всё невеста — и вечно жена.

26 марта 1904

МОЛИТВЫ

Наш Арго!

Андрей Белый

1

Сторожим у входа в терем,
Верные рабы.
Страстно верим, выси мерим,
Вечно ждем трубы.

Вечно — завтра. У решотки
Каждый день и час
Славословит голос четкий
Одного из нас.

Воздух полон воздыханий,
Грозовых надежд,
Высь горит от несмыканий
Воспаленных вежд.

Ангел розовый укажет,
Скажет: «Вот она:
Бисер нижет, в нити вяжет —
Вечная Весна».

В светлый миг услышим звуки
Отходящих бурь.
Молча свяжем вместе руки,
Отлетим в лазурь.

Март - апрель 1904

У них все совершалось как-то не обиходно, не так, как у других людей. Его работы в лесу, в поле, в саду казались богатырской забавой: золотокудрый сказочный царевич крушил деревья, сажал заповедные цветы в теремном саду. А вот царевна вышла из терема и села на солнце сушить волосы после бани. Она распустила их по плечам, и они покрыли ее золотым ковром почти до земли: не то Мелиссанда, не то — золотокудрая красавица из сказок Перро.

М. А. Бекетова

...В солнечном дне, среди цветов, Любовь Дмитриевна в широком, стройном розовом платье-капоте, особенно ей шедшем, и с большим зонтиком в руках, молодая, розовая, сильная, с волосами, отливающими в золото, и с рукой, приподнятой к глазам (старающаяся, очевидно, нас разглядеть), напомнила мне Флору, или Розовую Атмосферу, — что-то было в ее облике от строчек Александра Александровича: «зацветающий сон» и «золотистые пряди на лбу»... и от стихотворения «Вечереющий сумрак, поверь».

А. Белый

Как прекрасен Саша... Рубаха, как у царевича Гвидона, вышита лебедями... Бабы жали и, увидя Любу в сарафане и Сашу в рубахе, кудрявого, бросили жать и все смотрели на них... они на холме двое как сказка.

Е. П. Иванов

Из цикла
«ЗА ГРАНЬЮ ПРОШЛЫХ ДНЕЙ»

* * *

Неправда, неправда, я в бурю влюблен,
Я люблю тебя, ветер, несущий листы,
И в час мой последний, в час похорон,
Я встану из гроба и буду, как ты!

Я боюсь не тебя, о, дитя, ураган!
Не тебя, мой старый ребенок, зима!
Я боюсь неожиданно колющих ран...
Так может изранить — лишь Она... лишь Сама...

Сама — и Душой непостижно кротка,
И прекрасным Лицом несравненно бела...
Но она убьет и тебя, старина, —
И никто не узнает, что буря была...

10 июня 1903. Bad Nauheim

Из цикла «РАСПУТЬЯ»
(1902–1904)

* * *

Вот он – ряд гробовых ступене́й.
И меж нас – никого. Мы вдвоем.
Спи ты, нежная спутница дней,
Залитых небывалым лучом.

Ты покоишься в белом гробу.
Ты с улыбкой зовешь: не буди.
Золотистые пряди на лбу.
Золотой образок на груди.

Я отпраздновал светлую смерть,
Прикоснувшись к руке восковой,
Остальное – бездонная твердь
Схоронила во мгле голубой.

Спи – твой отдых никто не прервет.
Мы – окрай неизвестных дорог.
Всю ненастную ночь напролет
Здесь горит осиянный чертог.

18 июня 1904. С. Шахматово

ВСТУПЛЕНИЕ

Ты в поля отошла без возврата.
Да святится Имя Твое!
Снова красные копья заката
Протянули ко мне острие.

Лишь к Твоей золотой свирели
В черный день устами прильну.
Если все мольбы отзвенели,
Угнетенный, в поле усну.

Ты пройдешь в золотой порфире —
Уж не мне глаза разомкнуть.
Дай вздохнуть в этом сонном мире,
Целовать излучённый путь...

О, исторгни ржавую душу!
Со святыми меня упокой,
Ты, Держащая море и сушу
Неподвижно тонкой Рукой!

16 апреля 1905

Из цикла «РАЗНЫЕ СТИХОТВОРЕНИЯ» (1904–1908)

ТИШИНА ЦВЕТЕТ

Здесь тишина цветет и движет
Тяжелым кораблем души,
И ветер, пес послушный, лижет
Чуть пригнутые камыши.

Здесь в заводь праздную желанье
Свои приводит корабли.
И сладко тихое незнанье
О дельних ропотах земли.

Здесь легким образам и думам
Я отдаю стихи мои,
И томным их встречают шумом
Реки согласные струи.

И, томно опустив ресницы,
Вы, девушки, в стихах прочли
Как от страницы до страницы
Вдаль потянули журавли.

И каждый звук был вам намеком
И несказанным — каждый стих.
И вы любили на широком
Просторе легких рифм моих.

И каждая навек узнала
И не забудет никогда,
Как обнимала, целовала,
Как пела тихая вода.

Октябрь 1906

Девушка пела в церковном хоре

ВСТУПЛЕНИЕ

Ты в поля отошла без возврата.
Да святится Имя Твое!
Снова красные копья заката
Протянули ко мне острие.

Лишь к Твоей золотой свирели
В черный день устами прильну.
Если все мольбы отзвенели,
Угнетенный, в поле усну.

Ты пройдешь в золотой порфире —
Уж не мне глаза разомкнуть.
Дай вздохнуть в этом сонном мире,
Целовать излученный путь...

О, исторгни ржавую душу!
Со святыми меня упокой,
Ты, Держащая море и сушу
Неподвижно тонкой Рукой!

1905. Страстная Суббота

Из цикла «ПУЗЫРИ ЗЕМЛИ» (1904–1908)

БОЛОТНЫЕ ЧЕРТЕНЯТКИ

А. М. Ремизову

Я прогнал тебя кнутом
В полдень сквозь кусты,
Чтоб дождаться здесь вдвоем
Тихой пустоты.

Вот — сидим с тобой на мху
Посреди болот.
Третий — месяц наверху —
Искривил свой рот.

Я, как ты, дитя дубрав,
Лик мой также стерт.
Тише вод и ниже трав —
Захудалый черт.

На дурацком колпаке
Бубенец разлук.
За плечами — вдалеке —
Сеть речных излук...

И сидим мы, дурачки, —
Нежить, немочь вод.
Зеленеют колпачки
Задом наперед.

Зачумленный сон воды,
Ржавчина волны...
Мы — забытые следы
Чьей-то глубины...

Январь 1905

ТВАРИ ВЕСЕННИЕ

(Из альбома «Kindisch»[1] *З. Н. Гиппиус)*

Золотисты лица купальниц.
Их стебель влажен.
Это вышли молчальницы
Поступью важной
В лесные душистые скважины.

Там, где проталины,
Молчать повелено,
И весной непомерной взлелеяны
Поседелых туманов развалины.

Окрестности мхами завалены.
Волосы ночи натянуты туго на срубы
И пни.
Мы в листве и в тени
Издали начинаем вникать в отдаленные трубы.
Приближаются новые дни.
Но пока мы одни,
И молчаливо открыты бескровные губы.

---

[1] «Детское» (нем.).

Чуда! о, чуда!
Тихонько дым
Поднимается с пру́да...
Мы еще помолчим.

Утро сонной тропою пустило стрелу,
Но одна — на руке, опрокинутой ввысь,
Ладонью в смолистую мглу —
Светляка подняла... Оглянись:
Где ты скроешь зеленого света ночную иглу?

Нет, светись,
Светлячок, молчаливой понятный!
Кусочек света,
Клочочек рассвета...

Будет вам день беззакатный!
С ночкой вы не радели —
Вот и все ушло...
Ночку вы не жалели —
И становится слишком светло.
Будете маяться, каяться,
И кусаться, и лаяться,
Вы, зеленые, крепкие, малые,
Твари милые, небывалые.

Туман клубится, проносится
По седым прудам.
Скоро каждый чертик запросится
Ко Святым Местам.

19 февраля 1905

БОЛОТНЫЙ ПОПИК

На весенней проталинке
За вечерней молитвою — маленький
Попик болотный виднеется.

Ветхая ряска над кочкой
        Чернеется
Чуть заметною точкой.

И в безбурности зорь красноватых
Не видать чертенят бесноватых,
        Но вечерняя прелесть
Увила вкруг него свои тонкие руки.
        Предзакатные звуки,
        Легкий шелест.

Тихонько он молится,
Улыбается, клонится,
Приподняв свою шляпу.

И лягушке хромой, ковыляющей,
        Травой исцеляющей
Перевяжет болящую лапу.

Перекрестит и пустит гулять:
«Вот, ступай в родимую гать.
Душа моя рада
Всякому гаду
И всякому зверю
И о всякой вере».

И тихонько молится,
Приподняв свою шляпу,
За стебель, что клонится,

За больную звериную лапу,
И за римского папу. —

Не бойся пучины тряской —
Спасет тебя черная ряска.

17 апреля 1905. Пасха

* * *

Полюби эту вечность болот:
Никогда не иссякнет их мощь.
Этот злак, что сгорел, — не умрет.
Этот куст — без истления — тощ.

Эти ржавые кочки и пни
Знают твой отдыхающий плен.
Неизменно предвечны они, —
Ты пред Вечностью полон измен.

Одинокая участь светла.
Безначальная доля свята.
Это Вечность Сама снизошла
И навеки замкнула уста.

3 июня 1905

* * *

Белый конь чуть ступает усталой ногой,
Где бескрайняя зыбь залегла.
Мне болотная схима — желанный покой,
Будь ночлегом, зеленая мгла!

Алой ленты Твоей надо мной полоса,
Бьется в ноги коня змеевик,
На горе безмятежно поют голоса,
Всё о том, как закат Твой велик.

Закатилась Ты с мертвым Твоим женихом,
С палачом раскаленной земли.
Но сквозь ели прощальный Твой луч мне знаком,
Тишина Твоя дремлет вдали.

Я с Тобой — навсегда, не уйду никогда,
И осеннюю волю отдам.
В этих впадинах тихая дремлет вода,
Запирая ворота безумным ключам.

О, Владычица дней! алой лентой Твоей
Окружила Ты бледно-лазоревый свод!
Знаю, ведаю ласку Подруги моей —
Старину озаренных болот.

3 июня 1905. Новоселки

ПЛЯСКИ ОСЕННИЕ

Волновать меня снова и снова –
В этом тайная воля твоя,
Радость ждет сокровенного слова,
И уж ткань золотая готова,
Чтоб душа засмеялась моя.

Улыбается осень сквозь слезы,
В небеса улетает мольба,
И за кружевом тонкой березы
Золотая запела труба.

Так волнуют прозрачные звуки,
Будто милый твой голос звенит,
Но молчишь ты, поднявшая руки,
Устремившая руки в зенит.

И округлые руки трепещут,
С белых плеч ниспадают струи,
За тобой в хороводах расплещут
Осенницы одежды свои.

Осененная реющей влагой,
Распустила ты пряди волос.
Хороводов твоих по оврагу
Золотое кольцо развилось.

Очарованный музыкой влаги,
Не могу я ни петь, ни плясать,
И не могут луга и овраги
Под стопою твоей не сгорать.

С нами, к нам — легкокрылая младость,
Нам воздушная участь дана...
И откуда приходит к нам Радость,
И откуда плывет Тишина?

Тишина умирающих злаков —
Это светлая в мире пора:
Сон, заветных исполненный знаков,
Что сегодня пройдет, как вчера,

Что полеты времен и желаний —
Только всплески девических рук —
На земле, на зеленой поляне,
Неразлучный и радостный круг.

И безбурное солнце не будет
Нарушать и гневить Тишину,
И лесная трава не забудет,
Никогда не забудет весну.

И снежинки по склонам оврага
Заметут, заровняют края,
Там, где им заповедала влага,
Там, где пляска, где воля твоя.

1 октября 1905

Из цикла «РАЗНЫЕ СТИХОТВОРЕНИЯ» (1904–1908)

* * *

Фиолетовый запад гнетет,
Как пожатье десницы свинцовой.
Мы летим неизменно вперед —
Исполнители воли суровой.

Нас немного. Все в дымных плащах.
Брызжут искры и блещут кольчуги.
Поднимаем на севере прах,
Оставляем лазурность на юге.

Ставим троны иным временам —
Кто воссядет на темные троны?
Каждый душу разбил пополам
И поставил двойные законы.

Никому неизвестен конец.
И смятенье сменяет веселье.
Нам открылось в гаданьи: *мертвец*
Впереди рассекает ущелье.

14 мая 1904

МОЕЙ МАТЕРИ

Помнишь думы? Они улетели.
Отцвели завитки гиацинта.
Мы провидели светлые цели
В отдаленных краях лабиринта.

Нам казалось: мы кратко блуждали.
Нет, мы прожили долгие жизни…
Возвратились — и нас не узнали,
И не встретили в милой отчизне.

И никто не спросил о Планете,
Где мы близились к юности вечной…
Пусть погибнут безумные дети
За стезей ослепительно млечной!

Но в бесцельном, быть может, круженьи
Были мы, как избранники, нищи.
И теперь возвратились в сомненьи
В дорогое, родное жилище…

Так. Не жди изменений бесцельных.
Не смущайся забвеньем. Не числи.
Пусть к тебе — о краях запредельных
Не придут и спокойные мысли.

Но, прекрасному прошлому радо, —
Пусть о будущем сердце не плачет.
Тихо ведаю: будет награда:
Ослепительный Всадник прискачет.

4 декабря 1904

БАЛАГАНЧИК

Вот открыт балаганчик
Для веселых и славных детей,
Смотрят девочка и мальчик
На дам, королей и чертей.
И звучит эта адская музыка,
Завывает унылый смычок.
Страшный черт ухватил карапузика,
И стекает клюквенный сок.

Июль 1905

МОЕЙ МАТЕРИ

Тихо. И будет всё тише.
Флаг бесполезный опущен.
Только флюгарка на крыше
Сладко поет о грядущем.

Ветром в полнебе раскинут,
Дымом и солнцем взволнован,
Бедный петух очарован,
В синюю глубь опрокинут.

В круге окна слухового
Лик мой, как нимбом, украшен.
Профиль лица воскового
Правилен, прост и нестрашен.

Смолы пахучие жарки,
Дали извечно туманны...
Сладки мне песни флюгарки:
Пой, петушок оловянный!

Июль 1905

* * *

Старость мертвая бродит вокруг,
В зеленях утонула дорожка.
Я пилю наверху полукруг —
Я пилю слуховое окошко.

Чую дали — и капли смолы
Проступают в сосновые жилки.
Прорываются визги пилы,
И летят золотые опилки.

Вот последний свистящий раскол —
И дощечка летит в неизвестность...
В остром запахе тающих смол
Подо мной распахнулась окрестность...

Все закатное небо — в дремé,
Удлиняются дольние тени,
И на розовой гаснет корме
Уплывающий кормщик весенний...

Вот — мы с ним уплываем во тьму,
И корабль исчезает летучий…
Вот и кормщик — звездою падучей —
До свиданья!.. летит за корму…

Июль 1905

* * *

В туманах, над сверканьем рос,
Безжалостный, святой и мудрый,
Я в старом парке дедов рос,
И солнце золотило кудри.

Не погасал лесной пожар,
Но, гарью солнечной влекомый,
Стрелой бросался я в угар,
Целуя воздух незнакомый.

И проходили сонмы лиц,
Всегда чужих и вечно взрослых,
Но я любил взлетанье птиц,
И лодку, и на лодке весла.

Я уплывал один в затон
Бездонной заводи и мутной,
Где утлый остров окружен
Стеною ельника уютной.

И там в развесистую ель
Я доску клал и с нею реял,
И таяла моя качель,
И сонный ветер тихо веял.

И было, как на Рождестве,
Когда игра давалась даром,
А жизнь всходила синим паром
К сусально-звездной синеве.

Июль 1905

ОСЕННЯЯ ВОЛЯ

Выхожу я в путь, открытый взорам,
Ветер гнет упругие кусты,
Битый камень лег по косогорам,
Желтой глины скудные пласты.

Разгулялась осень в мокрых долах,
Обнажила кладбища земли,
Но густых рябин в проезжих селах
Красный цвет зареет издали́.

Вот оно, мое веселье, пляшет
И звенит, звенит, в кустах пропав!
И вдали, вдали призывно машет
Твой узорный, твой цветной рукав.

Кто взманил меня на путь знакомый,
Усмехнулся мне в окно тюрьмы?
Или каменным путем влекомый
Нищий, распевающий псалмы?

Нет, иду я в путь никем не званый,
И земля да будет мне легка!
Буду слушать голос Руси пьяной,
Отдыхать под крышей кабака.

Запою ли про свою удачу,
Как я молодость сгубил в хмелю...
Над печалью нив твоих заплачу,
Твой простор навеки полюблю...

Много нас — свободных, юных, статных
Умирает, не любя...
Приюти ты в далях необъятных!
Как и жить и плакать без тебя!

Июль 1905. Рогачевское шоссе

* * *

Девушка пела в церковном хоре
О всех усталых в чужом краю,
О всех кораблях, ушедших в море,
О всех забывших радость свою.

Так пел ее голос, летящий в купол,
И луч сиял на белом плече,
И каждый из мрака смотрел и слушал,
Как белое платье пело в луче.

И всем казалось, что радость будет,
Что в тихой заводи все корабли,
Что на чужбине усталые люди
Светлую жизнь себе обрели.

И голос был сладок, и луч был тонок,
И только высоко, у Царских Врат,
Причастный Тайнам, – плакал ребенок
О том, что никто не придет назад.

Август 1905

* * *

Там, в ночной завывающей стуже,
В поле звезд отыскал я кольцо.
Вот лицо возникает из кружев,
Возникает из кружев лицо.

Вот плывут ее вьюжные трели,
Звезды светлые шлейфом влача,
И взлетающий бубен метели,
Бубенцами призывно бренча.

С легким треском рассыпался веер, —
Ах, что значит — не пить и не есть!
Но в глазах, обращенных на север,
Мне холодному — жгучая весть...

И над мигом свивая покровы,
Вся окутана звездами вьюг,
Уплываешь ты в сумрак снеговый,
Мой от века загаданный друг.

Август 1905

* * *

В голубой далекой спаленке
Твой ребенок опочил.
Тихо вылез карлик маленький
И часы остановил.

Все, как было. Только странная
Воцарилась тишина.
И в окне твоем — туманная
Только улица страшна.

Словно что-то недосказано,
Что всегда звучит, всегда...
Нить какая-то развязана,
Сочетавшая года.

И прошла ты, сонно-белая,
Вдоль по комнатам одна.
Опустила, вся несмелая,
Штору синего окна.

И потом, едва заметная,
Тонкий полог подняла.
И, как время, безрассветная,
Шевелясь, поникла мгла.

Стало тихо в дальней спаленке –
Синий сумрак и покой,
Оттого что карлик маленький
Держит маятник рукой.

4 октября 1905

* * *

Евгению Иванову

Вот Он — Христос — в цепях и розах —
За решеткой моей тюрьмы.
Вот Агнец Кроткий в белых ризах
Пришел и смотрит в окно тюрьмы.

В простом окладе синего неба
Его икона смотрит в окно.
Убогий художник создал небо.
Но Лик и синее небо — одно.

Единый, Светлый, немного грустный —
За Ним восходит хлебный злак,
На пригорке лежит огород капустный,
И березки и елки бегут в овраг.

И все так близко и так далеко,
Что, стоя рядом, достичь нельзя,
И не постигнешь синего Ока,
Пока не станешь сам, как стезя...

Пока такой же нищий не будешь,
Не ляжешь, истоптан, в глухой овраг,
Обо всем не забудешь, и всего не разлюбишь,
И не поблекнешь, как мертвый злак.

10 октября 1905

* * *

Так. Неизменно все, как было.
Я в старом ласковом бреду.
Ты для меня остановила
Времен живую череду.

И я пришел, плющом венчанный,
Как в юности, — к истокам рек.
И над водой, за мглой туманной, —
Мне улыбнулся тот же брег.

И те же явственные звуки
Меня зовут из камыша.
И те же матовые руки
Провидит вещая душа.

Как будто время позабыло
И ничего не унесло,
И неизменным сохранило
Певучей юности русло.

И так же вечен я и мирен,
Как был давно, в годину сна.
И тяжким золотом кумирен
Моя душа убелена.

10 октября 1905

* * *

Прискакала дикой степью
На вспененном скакуне.
«Долго ль будешь лязгать цепью?
Выходи плясать ко мне!»

Рукавом в окно мне машет,
Красным криком зажжена,
Так и манит, так и пляшет,
И ласкает скакуна.

«А, не хочешь! Ну, так с Богом!»
Пыль клубами завилась...
По тропам и по дорогам
В чистом поле понеслась...

Не меня ты любишь, Млада,
Дикой вольности сестра!
Любишь краденые клады,
Полуночный свист костра!

И в степях, среди тумана,
Ты страшна своей красой —
Разметавшейся у стана
Рыжей спутанной косой!

31 октября 1905

СКАЗКА О ПЕТУХЕ И СТАРУШКЕ

Петуха упустила старушка,
Золотого, как день, петуха!
Не сама отворилась клетушка,
Долго ль в зимнюю ночь до греха!

И на белом узорном крылечке
Промелькнул золотой гребешок…
А старуха спускается с печки,
Все не может найти посошок…

Вот — ударило светом в оконце,
Загорелся старушечий глаз…
На дворе — словно яркое солнце,
Деревенька стоит напоказ.

Эх, какая беда приключилась,
Впопыхах не нащупать клюки…
Ишь, проклятая, где завалилась!..
А у страха глаза велики:

Вон стоит он в углу, озаренный,
Из-под шапки таращит глаза…
А на улице снежной и сонной
Суматоха, возня, голоса…

Прибежали к старухину дому,
Захватили ведро, кто не глуп…
А уж в кучке золы — незнакомый
Робко съежился маленький труп…

Долго, бабушка, верно, искала,
Не сыскала ты свой посошок…
Петушка своего потеряла,
Ан, нашел тебя сам петушок!

Зимний ветер гуляет и свищет,
Все играет с торчащей трубой…
Мертвый глаз будто все еще ищет,
Где пропал петушок… золотой.

А над кучкой золы разметенной,
Где гулял и клевал петушок,
То погаснет, то вспыхнет червонный
Золотой, удалой гребешок.

11 января 1906

* * *

Милый брат! Завечерело.
Чуть слышны колокола.
Над равниной побелело —
Сонноокая прошла.

Проплыла она — и стала,
Незаметная, близка.
И опять нам, как бывало,
Ноша тяжкая легка.

Меж двумя стенами бора
Редкий падает снежок.
Перед нами — семафора
Зеленеет огонек.

Небо — в зареве лиловом,
Свет лиловый на снегах,
Словно мы — в пространстве новом,
Словно — в новых временах.

Одиноко вскрикнет птица,
Отряхнув крылами ель,
И засыплет нам ресницы
Белоснежная метель…

Издалú – локомотива
Поступь тяжкая слышна…
Скоро Финского залива
Нам откроется страна.

Ты поймешь, как в этом море
Облегчается душа,
И какие гаснут зори
За грядою камыша.

Возвратясь, уютно ляжем
Перед печкой на ковре
И тихонько перескажем
Все, что видели, сестре…

Кончим. Тихо встанет с кресел,
Молчалива и строга.
Скажет каждому: «Будь весел.
За окном лежат снега».

13 января 1906

ИВАНОВА НОЧЬ

Мы выйдем в сад с тобою, скромной,
И будем странствовать одни.
Ты будешь за травою темной
Искать купальские огни.

Я буду ждать с глубокой верой
Чудес, желаемых тобой:
Пусть вспыхнет папоротник серый
Под встрепенувшейся рукой.

Ночь полыхнет зеленым светом, —
Ведь с нею вместе вспыхнешь ты,
Упоена в волшебстве этом
Двойной отравой красоты!

Я буду ждать, любуясь втайне,
Ночных желаний не будя.
Твоих девичьих очертаний —
Не бойся — не спугну, дитя!

Но, если ночь, встряхнув ветвями,
Захочет в небе изнемочь,
Я загляну в тебя глазами
Туманными, как эта ночь.

И будет миг, когда ты снидешь
Еще в иные небеса.
И в новых небесах увидишь
Лишь две звезды — мои глаза.

Миг! В этом небе глаз упорных
Ты вся отражена — смотри!
И под навес ветвей узорных
Проникло таинство зари.

12 февраля 1906

* * *

Я знал ее еще тогда,
В те баснословные года.

Тютчев

Прошли года, но ты — все та же:
Строга, прекрасна и ясна;
Лишь волосы немного глаже,
И в них сверкает седина.

А я — склонен над грудой книжной,
Высокий, сгорбленный старик, —
С одною думой непостижной
Смотрю на твой спокойный лик.

Да. Нас года не изменили.
Живем и дышим, как тогда,
И, вспоминая, сохранили
Те *баснословные года...*

Их светлый пепел — в длинной урне.
Наш светлый дух — в лазурной мгле.
И все чудесней, все лазурней —
Дышать прошедшим на земле.

30 мая 1906

* * *

Шлейф, забрызганный звездами,
Синий, синий, синий взор.
Меж землей и небесами
Вихрем поднятый костер.

Жизнь и смерть в круженьи вечном,
Вся — в шелках тугих —
Ты — путям открыта млечным,
Скрыта в тучах грозовых.

Пали душные туманы.
Гасни, гасни, свет, пролейся, мгла...
Ты — рукою узкой, белой, странной
Факел-кубок в руки мне дала.

Кубок-факел брошу в купол синий —
Расплеснется млечный путь.
Ты одна взойдешь над всей пустыней
Шлейф кометы развернуть.

Дай серебряных коснуться складок,
Равнодушным сердцем знать,
Как мой путь страдальный сладок,
Как легко и ясно умирать.

Сентябрь 1906

По вечерам над ресторанами

ТИШИНА ЦВЕТЕТ

Здесь тишина цветет и движет
Тяжелым кораблем души,
И ветер, пес послушный, лижет
Чуть пригнутые камыши.

Здесь в заводь праздную желанье
Свои приводит корабли.
И сладко тихое незнанье
О дальних ропотах земли.

Здесь легким образам и думам
Я отдаю стихи мои,
И томным их встречают шумом
Реки согласные струи.

И, томно опустив ресницы,
Вы, девушки, в стихах прочли,
Как от страницы до страницы
Вдаль потянули журавли.

И каждый звук был вам намеком
И несказанным — каждый стих.
И вы любили на широком
Просторе легких рифм моих.

И каждая навек узнала
И не забудет никогда,
Как обнимала, целовала,
Как пела тихая вода.

Октябрь 1906

* * *

Ты можешь по траве зеленой
Всю церковь обойти,
И сесть на паперти замшеной,
И кружево плести.

Ты можешь опустить ресницы,
Когда я прохожу,
Поправить кофточку из ситца,
Когда я погляжу.

Твои глаза еще невинны,
Как цветик голубой,
И эти косы слишком длинны
Для шляпки городской.

Но ты гуляешь с красным бантом
И семячки лущишь,
Телеграфисту с желтым кантом
Букетики даришь.

И потому — ты будешь рада
Сквозь мокрую траву
Прийти в туман чужого сада,
Когда я позову.

Октябрь 1906

* * *

Ищу огней — огней попутных
В твой черный, ведовской предел.
Меж темных заводей и мутных
Огромный месяц покраснел.

Его двойник плывет над лесом
И скоро станет золотым.
Тогда — простор болотным бесам,
И водяным, и лесовым.

Вертлявый бес верхушкой ели
Проткнет небесный золотой,
И долго будут петь свирели,
И стадо звякать за рекой...

И дальше путь, и месяц выше,
И звезды меркнут в серебре.
И тихо озарились крыши
В ночной деревне, на горе.

Иду, и холодеют росы,
И серебрятся о тебе,
Все о тебе, расплетшей косы
Для друга тайного, в избе.

Дай мне пахучих, душных зелий
И ядом сладким заморочь,
Чтоб, раз вкусив твоих веселий,
Навеки помнить эту ночь.

Октябрь 1906

* * *

О жизни, догоревшей в хоре
На темном клиросе Твоем.
О Деве с тайной в светлом взоре
Над осиянным алтарем.

О томных девушках у двери,
Где вечный сумрак и хвала.
О дальней Мэри, светлой Мэри,
В чьих взорах — свет, в чьих косах — мгла.

Ты дремлешь, Боже, на иконе,
В дыму кадильниц голубых.
Я пред тобою, на амвоне,
Я — сумрак улиц городских.

Со мной весна в твой храм вступила,
Она со мной обручена.
Я — голубой, как дым кадила,
Она — туманная весна.

И мы под сводом веем, веем,
Мы стелемся над алтарем,
Мы над народом чары деем
И Мэри светлую поем.

И девушки у темной двери,
На всех ступенях алтаря —
Как засветлевшая от Мэри
Передзакатная заря.

И чей-то душный, тонкий волос
Скользит и веет вкруг лица,
И на амвоне женский голос
Поет о Мэри без конца.

О розах над ее иконой,
Где вечный сумрак и хвала,
О деве дальней, благосклонной,
В чьих взорах — свет, в чьих косах —
мгла.

Ноябрь 1906

БАЛАГАН

Ну, старая кляча, пойдем
ломать своего Шекспира.

Кин

Над черной слякотью дороги
Не поднимается туман.
Везут, покряхтывая, дроги
Мой полинялый балаган.

Лицо дневное Арлекина
Еще бледней, чем лик Пьеро.
И в угол прячет Коломбина
Лохмотья, сшитые пестро...

Тащитесь, траурные клячи!
Актеры, правьте ремесло,
Чтобы от истины ходячей
Всем стало больно и светло!

В тайник души проникла плесень,
Но надо плакать, петь, идти.
Чтоб в рай моих заморских песен
Открылись торные пути.

Ноябрь 1906

УСТАЛОСТЬ

Кому назначен темный жребий,
Над тем не властен хоровод.
Он, как звезда, утонет в небе,
И новая звезда взойдет.

И краток путь средь долгой ночи,
Друзья, близка ночная твердь!
И даже рифмы нет короче
Глухой, крылатой рифмы: *смерть.*

И есть ланит живая алость,
Печаль свиданий и разлук...
Но есть паденье, и усталость,
И торжество предсмертных мук.

14 февраля 1907

* * *

Зачатый в ночь, я в ночь рожден,
И вскрикнул я, прозрев:
Так тяжек матери был стон,
Так черен ночи зев.

Когда же сумрак поредел,
Унылый день повлек
Клубок однообразных дел,
Безрадостный клубок.

Что быть должно — то быть должно,
Так пела с детских лет
Шарманка в низкое окно,
И вот — я стал поэт.

Влюбленность расцвела в кудрях
И в ранней грусти глаз.
И был я в розовых цепях
У женщин много раз.

И все, *как быть должно*, пошло:
Любовь, стихи, тоска:
Все приняла в свое русло
Спокойная река.

Как ночь слепа, так я был слеп,
И думал жить слепой...
Но раз открыли темный склеп,
Сказали: *Бог с тобой.*

В ту ночь был белый ледоход,
Разлив осенних вод.
Я думал: «Вот, река идет».
И я пошел вперед.

В ту ночь река во мгле была,
И в ночь и в темноту
Та – незнакомая – пришла
И встала на мосту.

Она была – живой костер
Из снега и вина.
Кто раз взглянул в желанный взор,
Тот знает, кто она.

И тихо за руку взяла
И глянула в лицо.
И маску белую дала
И светлое кольцо.

«Довольно жить, оставь слова,
Я, как метель, звонка,
Иною жизнию жива,
Иным огнем ярка».

Она зовет. Она манит.
В снегах земля и твердь.
Что́ мне поет? Что́ мне звенит?
Иная жизнь? Глухая смерть?

12 апреля 1907

* * *

С каждой весною пути мои круче,
Мертвенней сумрак очей.
С каждой весною ясней и певучей
Таинства белых ночей.

Месяц ладью опрокинул в последней
Бледной могиле, — и вот
Стертые лица и пьяные бредни…
Карты… Цыганка поет.

Смехом волнуемый черным и громким,
Был у нас пламенный лик.
Свет набежал. Промелькнули потемки.
Вот он: бесстрастен и дик.

Видишь, и мне наступила на горло,
Душит красавица ночь…
Краски последние смыла и стерла…
Что ж? Если можешь, пророчь…

Ласки мои неумелы и грубы,
    Ты же — нежнее, чем май.
Что же? Целуй в помертвелые губы.
    Пояс печальный снимай.

7 мая 1907

ДЕВУШКЕ

Ты перед ним, что стебель гибкий,
Он пред тобой, что лютый зверь.
Не соблазняй его улыбкой,
Молчи, когда стучится в дверь.

А если он ворвется силой,
За дверью стань и стереги:
Успеешь — в горнице немилой
Сухие стены подожги.

А если близок час позорный,
Ты повернись лицом к углу,
Свяжи узлом платок свой черный
И в черный узел спрячь иглу.

И пусть игла твоя вонзится
В ладони грубые, когда
В его руках ты будешь биться,
Крича от боли и стыда...

И пусть в угаре страсти грубой
Он не запомнит, сгоряча,
Твои оттиснутые зубы
Глубоким шрамом вдоль плеча!

6 июня 1907

* * *

Она пришла с заката.
Был плащ ее заколот
Цветком нездешних стран.

Звала меня куда-то
В бесцельный зимний холод
И в северный туман.

И был костер в полночи.
И пламя языками
Лизало небеса.

Сияли ярко очи,
И черными змеями
Распуталась коса.

И змеи окрутили
Мой ум, и дух высокий
Распяли на кресте.

И в вихре снежной пыли
Я верен черноокой
Змеиной красоте.

8 ноября 1907

* * *

Я миновал закат багряный,
Ряды строений миновал,
Вступил в обманы и туманы, —
Огнями мне сверкнул вокзал...

Я сдавлен давкой человечьей,
Едва не оттеснен назад...
И вот — ее глаза и плечи,
И черных перьев водопад...

Проходит в час определенный,
За нею — карлик, шлейф влача...
И я смотрю вослед, влюбленный,
Как пленный раб — на палача...

Она проходит — и не взглянет,
Пренебрежением казня...
И только карлик не устанет
Глядеть с усмешкой на меня.

Февраль 1908

* * *

Твое лицо мне так знакомо,
Как будто ты жила со мной.
В гостях, на улице и дома
Я вижу тонкий профиль твой.
Твои шаги звенят за мною,
Куда я ни войду, ты там.
Не ты ли легкою стопою
За мною ходишь по ночам?
Не ты ль проскальзываешь мимо,
Едва лишь в двери загляну,
Полувоздушна и незрима,
Подобна виденному сну?
Я часто думаю, не ты ли
Среди погоста, за гумном,
Сидела, молча, на могиле
В платочке ситцевом своем?
Я приближался — ты сидела,
Я подошел — ты отошла,
Спустилась к речке и запела...

На голос твой колокола
Откликнулись вечерним звоном…
И плакал я, и робко ждал…
Но за вечерним перезвоном
Твой милый голос затихал…
Еще мгновенье — нет ответа,
Платок мелькает за рекой…
Но знаю горестно, что где-то
Еще увидимся с тобой.

1 августа 1908

Из цикла «ГОРОД»
(1904–1908)

ПОСЛЕДНИЙ ДЕНЬ

Ранним утром, когда люди ленились шевелиться,
Серый сон предчувствуя последних дней зимы,
Пробудились в комнате мужчина и блудница,
Медленно очнулись среди угарной тьмы.

Утро копошилось. Безнадежно догорели свечи,
Оплывший огарок маячил в оплывших глазах.
За холодным окном дрожали женские плечи,
Мужчина перед зеркалом расчесывал пробор в волосах.

Но серое утро уже не обмануло:
Сегодня была она, как смерть, бледна,
Еще вечером у фонаря ее лицо блеснуло,
В этой самой комнате была влюблена.

Сегодня безобразно повисли складки рубашки,
На всем был серый постылый налет.
Углами торчала мебель, валялись окурки, бумажки,
Всех ужасней в комнате был красный комод.

И вдруг влетели звуки. Верба, раздувшая почки,
Раскачнулась под ветром, осыпая снег.
В церкви ударил колокол. Распахнулись форточки,
И внизу стал слышен торопливый бег.

Люди суетливо выбегали за ворота
(Улицу скрывал дощатый забор).
Мальчишки, женщины, дворники заметили что-то,
Махали руками, чертя незнакомый узор.

Бился колокол. Гудели крики, лай и ржанье.
Там, на грязной улице, где люди собрались,
Женщина-блудница — от ложа пьяного желанья —
На коленях, в рубашке, поднимала руки ввысь...

Высоко — над домами — в тумане снежной бури,
На месте полуденных туч и полунощных звезд,
Розовым зигзагом в разверстой лазури
Тонкая рука распластала тонкий крест.

3 февраля 1904

ПЕТР

Евг. Иванову

Он спит, пока закат румян.
И сонно розовеют латы.
И с тихим свистом сквозь туман
Глядится Змей, копытом сжатый.

Сойдут глухие вечера,
Змей расклубится над домами.
В руке протянутой Петра
Запляшет факельное пламя.

Зажгутся нити фонарей,
Блеснут витрины и тротуары.
В мерцаньи тусклых площадей
Потянутся рядами пары.

Плащами всех укроет мгла,
Потонет взгляд в манящем взгляде.
Пускай невинность из угла
Протяжно молит о пощаде!

Там, на скале, веселый царь
Взмахнул зловонное кадило,
И ризой городская гарь
Фонарь манящий облачила!

Бегите все на зов! на лов!
На перекрестки улиц лунных!
Весь город полон голосов
Мужских – крикливых, женских –
струнных!

Он будет город свой беречь,
И, заалев перед денницей,
В руке простертой вспыхнет меч
Над затихающей столицей.

22 февраля 1904

* * *

Вечность бросила в город
    Оловянный закат.
Край небесный распорот,
    Переулки гудят.

Все бессилье гаданья
    У меня на плечах.
В окнах фабрик — преданья
    О разгульных ночах.

Оловянные кровли —
    Всем безумным приют.
В этот город торговли
    Небеса не сойдут.

Этот воздух так гулок,
    Так заманчив обман.
Уводи, переулок,
    В дымно-сизый туман...

26 июня 1904

* * *

Город в красные пределы
Мертвый лик свой обратил,
Серо-каменное тело
Кровью солнца окатил.

Стены фабрик, стекла окон,
Грязно-рыжее пальто,
Развевающийся локон —
Все закатом залито.

Блещут искристые гривы
Золотых, как жар, коней,
Мчатся бешеные дива
Жадных облачных грудей,

Красный дворник плещет ведра
С пьяно-алою водой,
Пляшут огненные бедра
Проститутки площадной,

И на башне колокольной
В гулкий пляс и медный зык
Кажет колокол раздольный
Окровавленный язык.

28 июня 1904

* * *

В кабаках, в переулках, в извивах,
В электрическом сне наяву
Я искал бесконечно красивых
И бессмертно влюбленных в молву.

Были улицы пьяны от криков.
Были солнца в сверканьи витрин.
Красота этих женственных ликов!
Эти гордые взоры мужчин!

Это были цари — не скитальцы!
Я спросил старика у стены:
«Ты украсил их тонкие пальцы
Жемчугами несметной цены?

Ты им дал разноцветные шубки?
Ты зажег их снопами лучей?
Ты раскрасил пунцовые губки,
Синеватые дуги бровей?»

Но старик ничего не ответил,
Отходя за толпою мечтать.
Я остался, таинственно светел,
Эту музыку блеска впивать…

А они проходили всё мимо,
Смутно каждая в сердце тая,
Чтоб навеки, ни с кем не сравнимой,
Отлететь в голубые края.

И мелькала за парою пара…
Ждал я Светлого Ангела к нам,
Чтобы здесь, в ликованьи тротуара,
Он одну приобщил небесам…

А вверху — на уступе опасном —
Тихо съежившись, карлик приник,
И казался нам знаменем красным
Распластавшийся в небе язык.

Декабрь 1904

ПЕСЕНКА

Она поет в печной трубе.
Ее веселый голос тонок.
Мгла опочила на тебе.
За дверью плачет твой ребенок.

Весна! весна! Как воздух пуст!
Как вечер непомерно скуден!
Вон — тощей вербы голый куст —
Унылый призрак долгих буден.

Вот вечер кутает окно
Сплошными белыми тенями.
Мое лицо освещено
Твоими страшными глазами.

Но не боюсь смотреть в упор,
В душе — бездумность и беспечность!
Там — вихрем разметен костер,
Но искры улетели в вечность...

Глаза горят, как две свечи.
О чем она тоскует звонко?
Поймем. Не то пронзят ребенка
Безумных глаз твоих мечи.

9 апреля 1905

* * *

Я вам поведал неземное.
Я все сковал в воздушной мгле.
В ладье — топор. В мечте — герои.
Так я причаливал к земле.

Скамья ладьи красна от крови
Моей растерзанной мечты,
Но в каждом доме, в каждом крове
Ищу отважной красоты.

Я вижу: ваши девы слепы,
У юношей безогнен взор.
Назад! Во мглу! В глухие склепы!
Вам нужен бич, а не топор!

И скоро я расстанусь с вами,
И вы увидите меня
Вон там, за дымными горами,
Летящим в облаке огня!

16 апреля 1905

НЕВИДИМКА

Веселье в ночном кабаке.
Над городом синяя дымка.
Под красной зарей вдалеке
Гуляет в полях Невидимка.

Танцует над топью болот,
Кольцом окружающих домы,
Протяжно зовет и поет
На голос, на голос знакомый.

Вам сладко вздыхать о любви,
Слепые, продажные твари?
Кто небо запачкал в крови?
Кто вывесил красный фонарик?

И воет, как брошенный пес,
Мяучит, как сладкая кошка,
Пучки вечереющих роз
Швыряет блудницам в окошко...

И ломится в черный притон
Ватага веселых и пьяных,
И каждый во мглу увлечен
Толпой проституток румяных...

В тени гробовой фонари,
Смолкает над городом грохот...
На красной полоске зари
Беззвучный качается хохот...

Вечерняя надпись пьяна
Над дверью отворенной в лавку.
Вмешалась в безумную давку
С расплеснутой чашей вина
На Звере Багряном — Жена.

16 апреля 1905

МИТИНГ

Он говорил умно и резко,
И тусклые зрачки
Метали прямо и без блеска
Слепые огоньки.

А снизу устремлялись взоры
От многих тысяч глаз,
И он не чувствовал, что скоро
Пробьет последний час.

Его движенья были верны,
И голос был суров,
И борода качалась мерно
В такт запыленных слов.

И серый, как ночные своды,
Он знал всему предел.
Цепями тягостной свободы
Уверенно гремел.

Но те, внизу, не понимали
Ни чисел, ни имен,
И знаком долга и печали
Никто не заклеймен.

И тихий ропот поднял руку,
И дрогнули огни.
Пронесся шум, подобный звуку
Упавшей головни.

Как будто свет из мрака брызнул,
Как будто был намек...
Толпа проснулась. Дико взвизгнул
Пронзительный свисток.

И в звоны стекол перебитых
Ворвался стон глухой,
И человек упал на плиты
С разбитой головой.

Не знаю, кто ударом камня
Убил его в толпе,
И струйка крови, помню ясно,
Осталась на столбе.

Еще свистки ломали воздух,
И крик еще стоял,
А он уж лег на вечный отдых
У входа в шумный зал...

Но огонек блеснул у входа…
Другие огоньки…
И звонко брякнули у свода
Взведенные курки.

И промелькнуло в беглом свете,
Как человек лежал,
И как солдат ружье над мертвым
Наперевес держал.

Черты лица бледней казались
От черной бороды,
Солдаты, молча, собирались
И строились в ряды.

И в тишине, внезапно вставшей,
Был светел круг лица,
Был тихий Ангел пролетавший,
И радость — без конца.

И были строги и спокойны
Открытые зрачки,
Над ними вытянулись стройно
Блестящие штыки.

Как будто, спрятанный у входа
За черной пастью дул,
Ночным дыханием свободы
Уверенно вздохнул.

10 октября 1905

* * *

Вися над городом всемирным,
В пыли прошедшей заточен,
Еще монарха в утре лирном
Самодержавный клонит сон.

И предок царственно-чугунный
Все так же бредит на змее,
И голос черни многострунный
Еще не властен на Неве.

Уже на домах веют флаги,
Готовы новые птенцы,
Но тихи струи невской влаги,
И слепы темные дворцы.

И, если лик свободы явлен,
То прежде явлен лик змеи,
И ни один сустав не сдавлен
Сверкнувших колец чешуи.

18 октября 1905

* * *

Твое лицо бледней, чем было
В тот день, когда я подал знак,
Когда, замедлив, торопила
Ты легкий, предвечерний шаг.

Вот я стою, всему покорный,
У немерцающей стены.
Что сердце? Свиток чудотворный,
Где страсть и горе сочтены!

Поверь, мы оба небо знали:
Звездой кровавой ты текла,
Я измерял твой путь в печали,
Когда ты падать начала.

Мы знали знаньем несказанным
Одну и ту же высоту
И вместе пали за туманом,
Чертя уклонную черту.

Но я нашел тебя и встретил
В неосвещенных воротах,
И этот взор — не меньше светел,
Чем был в туманных высотах!

Комета! Я прочел в светилах
Всю повесть раннюю твою,
И лживый блеск созвездий милых
Под черным шелком узнаю!

Ты путь свершаешь предо мною,
Уходишь в тени, как тогда,
И то же небо за тобою,
И шлейф влачишь, как та звезда!

Не медли, в темных тéнях кроясь,
Не бойся вспомнить и взглянуть.
Серебряный твой узкий пояс —
Сужденный магу млечный путь.

Март 1906

НЕЗНАКОМКА

По вечерам над ресторанами
Горячий воздух дик и глух,
И правит окриками пьяными
Весенний и тлетворный дух.

Вдали, над пылью переулочной,
Над скукой загородных дач,
Чуть золотится крендель булочной,
И раздается детский плач.

И каждый вечер, за шлагбаумами,
Заламывая котелки,
Среди канав гуляют с дамами
Испытанные остряки.

Над озером скрипят уключины,
И раздается женский визг,
А в небе, ко всему приученный,
Бессмысленно кривится диск.

И каждый вечер друг единственный
В моем стакане отражен
И влагой терпкой и таинственной,
Как я, смирен и оглушен.

А рядом у соседних столиков
Лакеи сонные торчат,
И пьяницы с глазами кроликов
«In vino veritas!» кричат.

И каждый вечер, в час назначенный
(Иль это только снится мне?),
Девичий стан, шелками схваченный,
В туманном движется окне.

И медленно, пройдя меж пьяными,
Всегда без спутников, одна,
Дыша духами и туманами,
Она садится у окна.

И веют древними поверьями
Ее упругие шелка,
И шляпа с траурными перьями,
И в кольцах узкая рука.

И странной близостью закованный
Смотрю за темную вуаль,
И вижу берег очарованный
И очарованную даль.

Глухие тайны мне поручены,
Мне чье-то солнце вручено,
И все души моей излучины
Пронзило терпкое вино.

И перья страуса склоненные
В моем качаются мозгу,
И очи синие бездонные
Цветут на дальнем берегу.

В моей душе лежит сокровище,
И ключ поручен только мне!
Ты право, пьяное чудовище!
Я знаю: истина в вине.

24 апреля 1906. Озерки

* * *

Там дамы щеголяют модами,
Там всякий лицеист остер —
Над скукой дач, над огородами,
Над пылью солнечных озер.

Туда мани́т перстами алыми
И дачников волнует зря
Над запыленными вокзалами
Недостижимая заря.

Там, где скучаю так мучительно,
Ко мне приходит иногда
Она — бесстыдно упоительна
И унизительно горда.

За толстыми пивными кружками,
За сном привычной суеты
Сквозит вуаль, покрытый мушками,
Глаза и мелкие черты.

Чего же жду я, очарованный
Моей счастливою звездой,
И оглушенный и взволнованный
Вином, зарею и тобой?

Вздыхая древними поверьями,
Шелками черными шумна,
Под шлемом с траурными перьями
И ты вином оглушена?

Средь этой пошлости таинственной,
Скажи, что́ делать мне с тобой —
Недостижимой и единственной,
Как вечер дымно-голубой?

28 апреля 1911

* * *

Передвечернею порою
Сходил я в сумерки с горы,
И вот передо мной — за мглою —
Черты печальные сестры.

Она идет неслышным шагом,
За нею шевелится мгла,
И по долинам, по оврагам
Вздыхают груди без числа.

«Сестра, откуда в дождь и холод
Идешь с печальною толпой,
Кого бичами выгнал голод
В могилы жизни кочевой?»

Вот подошла, остановилась
И факел подняла во мгле,
И тихим светом озарилось
Все, что незримо на земле.

И там, в канавах придорожных,
Я, содрогаясь, разглядел
Черты мучений невозможных
И корчи ослабевших тел.

И вновь опущен факел душный,
И, улыбаясь мне, прошла –
Такой же дымной и воздушной,
Как окружающая мгла.

Но я запомнил эти лица
И тишину пустых орбит,
И обреченных вереница
Передо мной всегда стоит.

Сентябрь 1906

ХОЛОДНЫЙ ДЕНЬ

Мы встретились с тобою в храме
И жили в радостном саду,
Но вот зловонными дворами
Пошли к проклятью и труду.

Мы миновали все ворота
И в каждом видели окне,
Как тяжело лежит работа
На каждой согнутой спине.

И вот пошли туда, где будем
Мы жить под низким потолком,
Где прокляли друг друга люди,
Убитые своим трудом.

Стараясь не запачкать платья,
Ты шла меж спящих на полу;
Но самый сон их был проклятье,
Вон там — в заплеванном углу...

Ты обернулась, заглянула
Доверчиво в мои глаза…
И на щеке моей блеснула,
Скатилась пьяная слеза.

Нет! Счастье — праздная забота,
Ведь молодость давно прошла.
Нам скоротает век работа,
Мне — молоток, тебе — игла.

Сиди, да шей, смотри в окошко,
Людей повсюду гонит труд,
А те, кому трудней немножко,
Те песни длинные поют.

Я близ тебя работать стану,
Авось, ты не припомнишь мне,
Что я увидел дно стакана,
Топя отчаянье в вине.

Сентябрь 1906

ОКНА ВО ДВОР

Одна мне осталась надежда:
Смотреться в колодезь двора.
Светает. Белеет одежда
В рассеянном свете утра.

Я слышу — старинные речи
Проснулись глубоко на дне.
Вон теплятся желтые свечи,
Забытые в чьем-то окне.

Голодная кошка прижалась
У желоба утренних крыш.
Заплакать — одно мне осталось,
И слушать, как мирно ты спишь.

Ты спишь, а на улице тихо,
И я умираю с тоски,
И злое, голодное Лихо
Упорно стучится в виски...

Эй, малый, взгляни мне в оконце!..
Да нет, не заглянешь — пройдешь.
Совсем я на зимнее солнце,
На глупое солнце похож.

Октябрь 1906

ПОЖАР

Понеслись, блеснули в очи
Огневые языки,
Золотые брызги ночи,
Городские мотыльки.

Зданье дымом затянуло,
То́лпы темные текут…
Но вдали несутся гулы,
Светы новые бегут…

Крики брошены горстями
Золотых монет.
Над вспененными конями
Факел стелет красный свет.

И, крутя живые спицы,
Мчатся вихрем колесницы,
Впереди — скакун с трубой
Над испуганной толпой.

Скок по камню тяжко звонок,
    Голос хриплой меди тонок,
Расплеснулась, широка,
    Гулкой улицы река.

На блистательные шлемы
    Каплет снежная роса…
Дети ночи черной — где мы?..
    Чьи взывают голоса?..

Нет, опять погаснут зданья,
    Нет, опять он обманул, —
Отдаленного восстанья
    Надвигающийся гул…

Декабрь 1906

КЛЕОПАТРА

Открыт паноптикум печальный
Один, другой и третий год.
Толпою пьяной и нахальной
Спешим... В гробу царица ждет.

Она лежит в гробу стеклянном,
И не мертва и не жива,
А люди шепчут неустанно
О ней бесстыдные слова.

Она раскинулась лениво —
Навек забыть, навек уснуть...
Змея легко, неторопливо
Ей жалит восковую грудь...

Я сам, позорный и продажный,
С кругами синими у глаз,
Пришел взглянуть на профиль важный,
На воск, открытый напоказ...

Тебя рассматривает каждый,
Но, если б гроб твой не был пуст,
Я услыхал бы не однажды
Надменный вздох истлевших уст:

«Кадите мне. Цветы рассыпьте.
Я в незапамятных веках
Была царицею в Египте.
Теперь — я воск. Я тлен. Я прах».

«Царица! Я пленен тобою!
Я был в Египте лишь рабом,
А ныне суждено судьбою
Мне быть поэтом и царем!

Ты видишь ли теперь из гроба,
Что Русь, как Рим, пьяна тобой?
Что я и Цезарь — будем оба
В веках равны перед судьбой?»

Замолк. Смотрю. Она не слышит.
Но грудь колышется едва
И за прозрачной тканью дышит...
И слышу тихие слова:

«Тогда я исторгала грозы,
Теперь исторгну жгучей всех
У пьяного поэта — слезы,
У пьяной проститутки — смех».

16 декабря 1907

Я помню длительные муки

Из цикла «СНЕЖНАЯ МАСКА» (1907)

СНЕЖНОЕ ВИНО

И вновь, сверкнув из чаши винной,
Ты поселила в сердце страх
Своей улыбкою невинной
В тяжелозмейных волосах.

Я опрокинут в темных струях
И вновь вдыхаю, не любя,
Забытый сон о поцелуях,
О снежных вьюгах вкруг тебя.

И ты смеешься дивным смехом,
Змеишься в чаше золотой,
И над твоим собольим мехом
Гуляет ветер голубой.

И как, глядясь в живые струи,
Не увидать себя в венце?
Твои не вспомнить поцелуи
На запрокинутом лице?

29 декабря 1906

ВТОРОЕ КРЕЩЕНЬЕ

Открыли дверь мою метели,
Застыла горница моя,
И в новой снеговой купели
Крещен вторым крещеньем я.

И в новый мир вступая, знаю,
Что люди есть, и есть дела.
Что путь открыт наверно к раю
Всем, кто идет путями зла.

Я так устал от ласк подруги
На застывающей земле.
И драгоценный камень вьюги
Сверкает льдиной на челе.

И гордость нового крещенья
Мне сердце обратила в лед.
Ты мне сулишь еще мгновенья?
Пророчишь, что весна придет?

Но посмотри, как сердце радо!
Заграждена снегами твердь.
Весны не будет, и не надо:
Крещеньем третьим будет — Смерть.

3 января 1907

ВЛЮБЛЕННОСТЬ

И опять твой сладкий сумрак, влюбленность.
И опять: «Навеки. Опусти глаза твои».
И дней туманность, и ночная бессонность,
И вдали, в волнах, вдали — пролетевшие
ладьи.

И чему-то над равнинами снежными
Улыбнувшаяся задумчиво заря.
И ты, осенившая крылами белоснежными
На вечный покой отходящего царя.

Ангел, гневно брови изламывающий,
Два луча — два меча скрестил в вышине.
Но в гневах стали звенящей и падающей
Твоя улыбка струится во мне.

4 января 1907

В УГЛУ ДИВАНА

Но в камине дозвенели
Угольки.

За окошком догорели
Огоньки.

И на вьюжном море тонут
Корабли.

И над южным морем стонут
Журавли.

Верь мне, в этом мире солнца
Больше нет.

Верь лишь мне, ночное сердце,
Я — поэт!

Я, какие хочешь, сказки
Расскажу

И, какие хочешь, маски
Приведу.

И пройдут любые тени
При огне,

Странных очерки видений
На стене.

И любой колени склонит
Пред тобой...

И любой цветок уронит
Голубой...

9 января 1907

НА СНЕЖНОМ КОСТРЕ

И взвился костер высокий
Над распятым на кресте.
Равнодушны, снежнооки,
Ходят ночи в высоте.

Молодые ходят ночи,
Сестры-пряхи снежных зим,
И глядят, открывши очи,
Завивают белый дым.

И крылатыми очами
Нежно смотрит высота.
Вейся, легкий, вейся, пламень,
Увивайся вкруг креста!

В снежной маске, рыцарь милый,
В снежной маске ты гори!
Я ль не пела, не любила,
Поцелуев не дарила
От зари и до зари?

Будь и ты моей любовью,
Милый рыцарь, я стройна,
Милый рыцарь, снежной кровью
Я была тебе верна.

Я была верна три ночи,
Завивалась и звала,
Я дала глядеть мне в очи,
Крылья легкие дала...

Так гори, и яр и светел,
Я же — легкою рукой
Размету твой легкий пепел
По равнине снеговой.

13 января 1907

Из цикла «ФАИНА»
(1906–1908)

* * *

Н. Н. В.

Я в дольний мир вошла, как в ложу.
Театр взволнованный погас.
И я одна лишь мрак тревожу
Живым огнем крылатых глаз.

Они поют из темной ложи:
«Найди. Люби. Возьми. Умчи».
И все, кто властен и ничтожен,
Опустят предо мной мечи.

И все придут, как волны в море,
Как за грозой идет гроза.
Пылайте, траурные зори,
Мои крылатые глаза!

Взор мой — факел, к высям кинут,
Словно в небо опрокинут
          Кубок темного вина!
Тонкий стан мой шелком схвачен.

Темный жребий вам назначен,
Люди! Я стройна!

Я — звезда мечтаний нежных,
И в венце метелей снежных
Я плыву, скользя...
В серебре метелей кроясь,
Ты горишь, мой узкий пояс —
Млечная стезя!

1 января 1907

* * *

Ушла. Но гиацинты ждали,
И день не разбудил окна,
И в легких складках женской шали
Цвела ночная тишина.

В косых лучах вечерней пыли,
Я знаю, ты придешь опять
Благоуханьем нильских лилий
Меня пленять и опьянять.

Мне слабость этих рук знакома,
И эта шепчущая речь,
И стройной талии истома,
И матовость покатых плеч.

Но в имени твоем — безмерность,
И рыжий сумрак глаз твоих
Таит змеиную неверность
И ночь преданий грозовых.

И, миру дольнему подвластна,
Меж всех — не знаешь ты одна,
Каким раденьям ты причастна,
Какою верой крещена.

Войди, своей не зная воли,
И, добрая, в глаза взгляни,
И темным взором острой боли
Живое сердце полосни.

Вползи ко мне змеей ползучей,
В глухую полночь оглуши,
Устами томными замучай,
Косою черной задуши.

31 марта 1907

ОСЕННЯЯ ЛЮБОВЬ

1

Когда в листве сырой и ржавой
Рябины заалеет гроздь,
Когда палач рукой костлявой
Вобьет в ладонь последний гвоздь,

Когда над рябью рек свинцовой,
В сырой и серой высоте,
Пред ликом родины суровой
Я закачаюсь на кресте, —

Тогда — просторно и далеко
Смотрю сквозь кровь предсмертных слез,
И вижу: по реке широкой
Ко мне плывет в челне Христос.

В глазах — такие же надежды,
И то же рубище на нем.
И жалко смотрит из одежды
Ладонь, пробитая гвоздем.

Христос! Родной простор печален!
Изнемогаю на кресте!
И челн твой — будет ли причален
К моей распятой высоте?

2

И вот уже ветром разбиты, убиты
Кусты облетелой ракиты.

И прахом дорожным
Угрюмая старость легла на ланитах.
Но в темных орбитах
Взглянули, сверкнули глаза невозможным.

И радость, и слава —
Все в этом сияньи бездонном
И дальнем.

Но смятые травы
Печальны,
И листья крутятся в лесу обнаженном...

И снится, и снится, и снится:
Бывалое солнце!
Тебя мне все жальче и жальче...

О, глупое сердце,
Смеющийся мальчик,
Когда перестанешь ты биться?

3

Под ветром холодные плечи
Твои обнимать так отрадно:
Ты думаешь — нежная ласка,
Я знаю — восторг мятежа!

И теплятся очи, как свечи
Ночные, и слушаю жадно —
Шевелится страшная сказка,
И звездная дышит межа...

О, в этот сияющий вечер
Ты будешь все так же прекрасна,
И, верная темному раю,
Ты будешь мне светлой звездой!

Я знаю, что холоден ветер,
Я верю, что осень бесстрастна!
Но в темном плаще не узнают,
Что ты пировала со мной!..

И мчимся в осенние дали,
И слушаем дальние трубы,
И мерим ночные дороги,
Холодные выси мои...

Часы торжества миновали —
Мои опьяненные губы
Целуют в предсмертной тревоге
Холодные губы твои.

3 октября 1907

* * *

В те ночи светлые, пустые,
Когда в Неву глядят мосты,
Они встречались, как чужие,
Забыв, что есть простое *ты*.

И каждый был красив и молод,
Но, окрыляясь пустотой,
Она таила странный холод
Под одичалой красотой.

И, сердцем вечно строгим меря,
Он не умел, не мог любить.
Она любила только зверя
В нем раздразнить — и укротить.

И чуждый — чуждой жал он руки,
И север сам, спеша помочь
Красивой нежности и скуке,
В день превращал живую ночь.

Так, в светлоте ночной пустыни,
В объятья ночи не спеша,
Гляделась в купол бледно-синий
Их обреченная душа.

10 октября 1907

СНЕЖНАЯ ДЕВА

Она пришла из дикой дали –
Ночная дочь иных времен.
Ее родные не встречали,
Не просиял ей небосклон.

Но сфинкса с выщербленным ликом
Над исполинскою Невой
Она встречала легким вскриком
Под бурей ночи снеговой.

Бывало, вьюга ей осыпет
Звездами плечи, грудь и стан, –
Все снится ей родной Египет
Сквозь тусклый северный туман.

И город мой железно-серый,
Где ветер, дождь, и зыбь, и мгла,
С какой-то непонятной верой
Она, как царство, приняла.

Ей стали нравиться громады,
Уснувшие в ночной глуши,
И в окнах тихие лампады
Слились с мечтой ее души.

Она узнала зыбь и дымы,
Огни, и мраки, и дома —
Весь город мой непостижимый —
Непостижимая сама.

Она дарит мне перстень вьюги
За то, что плащ мой полон звезд,
За то, что я в стальной кольчуге,
И на кольчуге — строгий крест.

Она глядит мне прямо в очи,
Хваля неробкого врага.
С полей ее холодной ночи
В мой дух врываются снега.

Но сердце Снежной Девы немо
И никогда не примет меч,
Чтобы ремень стального шлема
Рукою страстною рассечь.

И я, как вождь враждебной рати,
Всегда закованный в броню,
Мечту торжественных объятий
В священном трепете храню.

17 октября 1907

ЗАКЛЯТИЕ ОГНЕМ И МРАКОМ

11

И я опять затих у ног —
У ног давно и тайно милой,
Заносит вьюга на порог
Пожар метели белокрылой.

Но имя тонкое твое
Твердить мне дивно, больно, сладко...
И целовать твой шлейф украдкой,
Когда метель поет, поет...

В хмельной и злой своей темнице
Заночевало, сердце, ты,
И тихие твои ресницы
Смежили снежные цветы.

Как будто, на средине бега,
Я под метелью изнемог,
И предо мной возник из снега
Холодный, неживой цветок...

И с тайной грустью, с грустью нежной,
Как снег спадает с лепестка,
Живое имя Девы Снежной
Еще слетает с языка…

8 ноября 1907

ИНОК

Никто не скажет: я безумен.
Поклон мой низок, лик мой строг.
Не позовет меня игумен
В ночи на строгий свой порог.

Я грустным братьям — брат примерный,
И рясу черную несу,
Когда с утра, походкой верной
Сметаю с бледных трав росу.

И, подходя ко всем иконам,
Как строгий и смиренный брат,
Творю поклон я за поклоном
И за обрядами обряд.

И кто поймет, и кто узнает,
Что ты сказала мне: молчи...
Что воск души блаженной тает
На яром пламени свечи...

Что никаких молитв не надо,
Когда ты ходишь по реке
За монастырскою оградой
В своем монашеском платке.

Что вот — меня цветистым хмелем
Безумно захлестнула ты,
И потерял я счет неделям
Моей преступной красоты.

6 ноября 1907

ПЕСНЯ ФАИНЫ

Когда гляжу в глаза твои
Глазами узкими змеи
И руку жму, любя,

Эй, берегись! Я вся — змея!
Смотри: я миг была твоя,
И бросила тебя!

Ты мне постыл! Иди же прочь!
С другим я буду эту ночь!
Ищи свою жену!

Ступай, она разгонит грусть,
Ласкает пусть, целует пусть,
Ступай — бичом хлестну!

Попробуй кто, приди в мой сад,
Взгляни в моей черный, узкий взгляд,
Сгоришь в моем саду!

Я вся — весна! Я вся — в огне!
Не подходи и ты ко мне,
Кого люблю и жду!

Кто стар и сед и в цвете лет,
Кто больше звонких даст монет,
Приди на звонкий клич!

Над красотой, над сединой,
Над вашей глупой головой —
Свисти, мой тонкий бич!

Декабрь 1907

* * *

Всю жизнь ждала. Устала ждать.
И улыбнулась. И склонилась.
Волос распущенная прядь
На плечи темные спустилась.

Мир не велик и не богат –
И не глядеть бы взором черным!
Ведь только люди говорят,
Что надо ждать и быть покорным...

А здесь – какая-то свирель
Поет надрывно, жалко, тонко:
«Качай чужую колыбель,
Ласкай немилого ребенка...»

Я тоже – здесь. С моей судьбой,
Над лирой, гневной, как секира,
Такой приниженный и злой,
Торгуюсь на базарах мира...

Я верю мгле твоих волос
И твоему великолепью.
Мой сирый дух — твой верный пес,
У ног твоих грохочет цепью...

И вот опять, и вот опять,
Встречаясь с этим темным взглядом,
Хочу по имени назвать,
Дышать и жить с тобою рядом...

Мечта! Что жизни сон глухой?
Отрава — вслед иной отраве...
Я изменю тебе, как той,
Не изменяя, не лукавя...

Забавно жить! Забавно знать,
Что под луной ничто не ново!
Что мертвому дано рождать
Бушующее жизнью слово!

И никому заботы нет,
Что людям дам, что ты дала мне:
А люди — на могильном камне
Начертят прозвище: *Поэт.*

13 января 1908

* * *

Когда вы стоите на моем пути,
Такая живая, такая красивая,
Но такая измученная,
Говорите все о печальном,

Думаете о смерти,
Никого не любите
И презираете свою красоту —
Что же? Разве я обижу вас?

О, нет. — Ведь я не насильник,
Не обманщик и не гордец,
Хотя много знаю,
Слишком много думаю с детства
И слишком занят собой.
Ведь я — сочинитель,
Человек, называющий все по имени,
Отнимающий аромат у живого цветка.

Сколько ни говорите о печальном,
Сколько ни размышляйте о концах и началах,
Все же, я смею думать,

Что вам только пятнадцать лет.
И потому я хотел бы,
Чтобы вы влюбились в простого человека,
Который любит землю и небо
Больше, чем рифмованные и нерифмованные
Речи о земле и о небе.

Право, я буду рад за вас,
Так как — только влюбленный
Имеет право на звание человека.

6 февраля 1908

* * *

Она пришла с мороза,
Раскрасневшаяся,
Наполнила комнату
Ароматом воздуха и духов,
Звонким голосом
И совсем неуважительной к занятиям
Болтовней.

Она немедленно уронила на пол
Толстый том художественного журнала,
И сейчас же стало казаться,
Что в моей большой комнате
Очень мало места.

Все это было немножко досадно
И довольно нелепо.
Впрочем, она захотела,
Чтобы я читал ей вслух Макбета.

Едва дойдя до *пузырей земли*,
О которых я не могу говорить без волнения,
Я заметил, что она тоже волнуется
И внимательно смотрит в окно.

Оказалось, что большой пестрый кот
С трудом лепится по краю крыши,
Подстерегая целующихся голубей.

Я рассердился больше всего на то,
Что целовались не мы, а голуби,
И что прошли времена Паоло и Франчески.

6 февраля 1908

* * *

Я помню длительные муки:
Ночь догорала за окном;
Ее заломленные руки
Чуть брезжили в луче дневном.

Вся жизнь, ненужно изжитая,
Пытала, унижала, жгла;
А там, как призрак возрастая,
День обозначил купола;

И под окошком участились
Прохожих быстрые шаги;
И в серых лужах расходились
Под каплями дождя круги;

И утро длилось, длилось, длилось...
И праздный тяготил вопрос;
И ничего не разрешилось
Весенним ливнем бурных слез.

4 марта 1908

* * *

Своими горькими слезами
Над нами плакала весна.
Огонь мерцал за камышами,
Дразня лихого скакуна...

Опять звала бесчеловечным,
Ты, отданная мне давно!..
Но ветром буйным, ветром встречным
Твое лицо опалено...

Опять — бессильно и напрасно —
Ты отстранялась от огня...
Но даже небо было страстно,
И небо было за меня!..

И стало все равно, какие
Лобзать уста, ласкать плеча,
В какие улицы глухие
Гнать удалого лихача...

И все равно, чей вздох, чей шепот, —
Быть может, здесь уже не ты...
Лишь скакуна неровный топот,
Как бы с далекой высоты...

Так — сведены с ума мгновеньем —
Мы отдавались вновь и вновь,
Гордясь своим уничтоженьем,
Твоим превратностям, любовь!

Теперь, когда мне звезды ближе,
Чем та неистовая ночь,
Когда еще безмерно ниже
Ты пала, униженья дочь,

Когда один с самим собою
Я проклинаю каждый день, —
Теперь проходит предо мною
Твоя *развенчанная тень...*

С благоволеньем? Иль с укором?
Иль ненавидя, мстя, скорбя?
Иль хочешь быть мне приговором?
Не знаю: я забыл тебя.

20 ноября 1908

ВОЛЬНЫЕ МЫСЛИ
(1907)
(Посв. Г. Чулкову)

О СМЕРТИ

Все чаще я по городу брожу.
Все чаще вижу смерть — и улыбаюсь
Улыбкой рассудительной. Ну, что же?
Так я хочу. Так свойственно мне знать,
Что и ко мне придет она в свой час.

Я проходил вдоль скачек по шоссе.
День золотой дремал на грудах щебня,
А за глухим забором — ипподром
Под солнцем зеленел. Там стебли злаков
И одуванчики, раздутые весной,
В ласкающих лучах дремали. А вдали
Трибуна придавила плоской крышей
Толпу зевак и модниц. Маленькие флаги
Пестрели там и здесь. А на заборе
Прохожие сидели и глазели.

Я шел и слышал быстрый гон коней
По грунту легкому. И быстрый топот
Копыт. Потом — внезапный крик:

«Упал! Упал!» – кричали на заборе,
И я, вскочив на маленький пенек,
Увидел все зараз: вдали летели
Жокеи в пестром – к тонкому столбу.
Чуть-чуть отстав от них, скакала лошадь
Без седока, взметая стремена.
А за листвой кудрявеньких березок,
Так близко от меня – лежал жокей,
Весь в желтом, в зеленях весенних злаков,
Упавший навзничь, обратив лицо

В глубокое ласкающее небо.
Как будто век лежал, раскинув руки
И ногу подогнув. Так хорошо лежал.
К нему уже бежали люди. Издали,
Поблескивая медленными спицами, ландо
Катилось мягко. Люди подбежали
И подняли его...

И вот повисла
Беспомощная желтая нога
В обтянутой рейтузе. Завалилась
Им на плечи куда-то голова...
Ландо подъехало. К его подушкам
Так бережно и нежно приложили
Цыплячью желтизну жокея. Человек
Вскочил неловко на подножку, замер,
Поддерживая голову и ногу,
И важный кучер повернул назад.

И так же медленно вертелись спицы,
Поблескивали козла, оси, крылья…

Так хорошо и вольно умереть.
Всю жизнь скакал — с одной упорной мыслью,
Чтоб первым доскакать. И на скаку
Запнулась запыхавшаяся лошадь,

Уж силой ног не удержать седла,
И утлые взмахнулись стремена,
И полетел, отброшенный толчком…
Ударился затылком о родную,
Весеннюю, приветливую землю,
И в этот миг — в мозгу прошли все мысли,
Единственные нужные. Прошли —
И умерли. И умерли глаза.
И труп мечтательно глядит наверх.

Так хорошо и вольно.

Однажды брел по набережной я.
Рабочие возили с барок в тачках
Дрова, кирпич и уголь. И река
Была еще синей от белой пены.
В отстегнутые вороты рубах
Глядели загорелые тела,
И светлые глаза привольной Руси
Блестели строго с почерневших лиц.
И тут же дети голыми ногами
Месили груды желтого песку,
Таскали — то кирпичик, то полено,

То бревнышко. И прятались. А там
Уже сверкали грязные их пятки,
И матери — с отвислыми грудями
Под грязным платьем — ждали их, ругались
И, надавав затрещин, отбирали
Дрова, кирпичики, бревешки. И тащили,
Согнувшись под тяжелой ношей, вдаль.
И снова, воротясь гурьбой веселой,
Ребятки начинали воровать:
Тот — бревнышко, другой — кирпичик...

И вдруг раздался всплеск воды и крик:
«Упал! Упал!» — опять кричали с барки.
Рабочий, ручку тачки отпустив,
Показывал рукой куда-то в воду,
И пестрая толпа рубах неслась
Туда, где на траве, в камнях булыжных,
На самом берегу — лежала сотка.
Один тащил багор.

А между свай,
Забитых возле набережной в воду,
Легко покачивался человек
В рубахе и в разорванных портках.
Один схватил его. Другой помог,
И длинное растянутое тело,
С которого ручьем лилась вода,
Втащили на берег и положили.
Городовой, гремя о камни шашкой,

Зачем-то щеку приложил к груди
Намокшей и прилежно слушал,
Должно быть, сердце. Собрался народ,
И каждый вновь пришедший задавал
Одни и те же глупые вопросы:
Когда упал, да сколько пролежал
В воде, да сколько выпил?
Потом все стали тихо отходить,
И я пошел своим путем, и слушал,
Как истовый, но выпивший рабочий
Авторитетно говорил другим,
Что губит каждый день людей вино.
Пойду еще бродить. Покуда солнце,
Покуда жар, покуда голова
Тупа, и мысли вялы...
Сердце!
Ты будь вожатаем моим. И смерть
С улыбкой наблюдай. Само устанешь,
Не вынесешь такой веселой жизни,
Какую я веду. Такой любви
И ненависти люди не выносят,
Какую я в себе ношу.
Хочу,
Всегда хочу смотреть в глаза людские,
И пить вино, и женщин целовать,
И яростью желаний полнить вечер,
Когда жара мешает днем мечтать
И песни петь! И слушать в мире ветер!

НАД ОЗЕРОМ

С вечерним озером я разговор веду
Высоким ладом песни. В тонкой чаще
Высоких сосен, с выступов песчаных,
Из-за могил и склепов, где огни
Лампад и сумрак дымно-сизый —
Влюбленные ему я песни шлю.

Оно меня не видит — и не надо.
Как женщина усталая, оно
Раскинулось внизу и смотрит в небо,
Туманится, и даль поит туманом,
И отняло у неба весь закат.
Все исполняют прихоти его:
Та лодка узкая, ласкающая гладь,
И тонкоствольный строй сосновой рощи,

И семафор на дальнем берегу,
В нем отразивший свой огонь зеленый,
Как раз на самой розовой воде.
К нему ползет трехглазая змея

Своим единственным стальным путем,
И, прежде свиста, озеро доносит
Ко мне — ее ползучий, хриплый шум.
Я на уступе. Надо мной — могила
Из темного гранита. Подо мной —
Белеющая в сумерках дорожка.
И, кто посмотрит снизу на меня,
Тот испугается: такой я неподвижный,
В широкой шляпе, средь ночных могил
Скрестивший руки, стройный и влюбленный
в мир.

Но некому взглянуть. Внизу идут
Влюбленные друг в друга: нет им дела
До озера, которое внизу,
И до меня, который наверху.
Им нужны человеческие вздохи,
Мне нужны вздохи сосен и воды.
А озеру — красавице — ей нужно,
Чтоб я, никем не видимый, запел
Высокий гимн о том, как ясны зори,
Как стройны сосны, как вольна душа.

Прошли все пары. Сумерки синей,
Белей туман. И девичьего платья
Я вижу складки легкие внизу.
Задумчиво прошла она дорожку
И одиноко села на ступеньки
Могилы, не заметивши меня...

Я вижу легкий профиль. Пусть не знает,
Что знаю я, о чем пришла мечтать
Тоскующая девушка... Светлеют
Все окна дальних дач: там — самовары,
И синий дым сигар, и плоский смех...
Она пришла без спутников сюда...
Наверное, наверное прогонит
Затянутого в китель офицера
С вихляющимся задом и ногами,
Завернутыми в трубочки штанов!
Она глядит как будто за туманы,
За озеро, за сосны, за холмы,
Куда-то так далеко, так далеко,
Куда и я не в силах заглянуть...

О, нежная! О, тонкая! — И быстро
Ей мысленно приискиваю имя:
Будь Аделиной! Будь Марией! Теклой!
Да, Теклой!.. — И задумчиво глядит
В клубящийся туман... Ах, как прогонит!..
А офицер уж близко: белый китель,
Над ним усы и пуговица-нос,
И плоский блин, приплюснутый фуражкой...
Он подошел... он жмет ей руку!.. смотрят
Его гляделки в ясные глаза!..
Я даже выдвинулся из-за склепа...
И вдруг... протяжно чмокает ее,
Дает ей руку и ведет на дачу!

Я хохочу! Взбегаю вверх. Бросаю
В них шишками, песком, визжу, пляшу
Среди могил — незримый и высокий...
Кричу: «Эй, Фекла! Фекла!» — И они
Испуганы, сконфужены, не знают,
Откуда шишки, хохот и песок...
Он ускоряет шаг, не забывая
Вихлять проворно задом, и она,
Прижавшись крепко к кителю, почти
Бегом бежит за ним...

Эй, доброй ночи!
И, выбегая на крутой обрыв,
Я отражаюсь в озере... Мы видим
Друг друга: «Здравствуй!» — я кричу...
И голосом красавицы — леса
Прибрежные ответствуют мне: «Здравствуй!»
Кричу: «Прощай!» — они кричат: «Прощай!»
Лишь озеро молчит, влача туманы,
Но явственно на нем отражены
И я и все союзники мои:
Ночь белая, и Бог, и твердь, и сосны...

И белая задумчивая ночь
Несет меня домой. И ветер свищет
В горячее лицо. Вагон летит...
И в комнате моей белеет утро.
Оно на всем: на книгах и столах,
И на постели, и на мягком кресле,

И на письме трагической актрисы:
«Я вся усталая. Я вся больная.
Цветы меня не радуют. Пишите...
Простите и сожгите этот бред...».

И томные слова... И длинный почерк,
Усталый, как ее усталый шлейф...
И томностью пылающие буквы,
Как яркий камень в черных волосах.

Шувалово

В СЕВЕРНОМ МОРЕ

Что́ сделали из берега морского
Гуляющие модницы и франты?
Наставили столов, дымят, жуют,
Пьют лимонад. Потом бредут по пляжу,
Угрюмо хохоча и заражая
Соленый воздух сплетнями. Потом
Погонщики вывозят их в кибитках,
Кокетливо закрытых парусиной,
На мелководье. Там, переменив
Забавные тальеры и мундиры
На легкие купальные костюмы,
И дряблость мускулов и грудей обнажив,
Они, визжа, влезают в воду. Шарят
Неловкими ногами дно. Кричат,
Стараясь показать, что веселятся.

А там — закат из неба сотворил
Глубокий многоцветный кубок. Руки
Одна заря закинула к другой,
И сестры двух небес прядут один —
То розовый, то голубой туман.
И в море утопающая туча

В предсмертном гневе мечет из очей
То красные, то синие огни.

И с длинного, протянутого в море,
Подгнившего, сереющего мола,
Прочтя все надписи: «Навек с тобой».
«Здесь были Коля с Катей». «Диодор
Иеромонах и послушник Исидор
Здесь были. Дивны Божии дела», —
Прочтя все надписи, выходим в море
В пузатой и смешной моторной лодке.

Бензин пыхтит и пахнет. Два крыла
Бегут в воде за нами. Вьется быстрый след,
И, обогнув скучающих на пляже,
Рыбачьи лодки, узкий мыс, маяк,
Мы выбегаем многоцветной рябью
В просторную ласкающую соль.

На горизонте, за спиной, далеко
Безмолвным заревом стоит пожар.
Рыбачий «Вольный» остров распростерт
В воде, как плоская спина морского
Животного. А впереди, вдали —
Огни судов и сноп лучей бродячих
Прожектора таможенного судна.
И мы уходим в голубой туман.
Косым углом торчат над морем вехи,
Метелками фарватер оградив,

И дале́ко — от вехи и до вехи —
Рыбачьих шхун маячат паруса…

Над морем — штиль. Под всеми парусами
Стоит красавица — морская яхта.
На тонкой мачте — маленький фонарь,
Что камень драгоценной фероньеры,
Горит над матовым челом небес.

На острогрудой, в полной тишине,
В причудливых сплетениях снастей,
Сидят, скрестивши руки, люди в светлых
Панамах, сдвинутых на строгие черты.
А посреди, у самой мачты, молча,
Стоит матрос, весь темный, и глядит.

Мы огибаем яхту, как прилично,
И вежливо и тихо говорит
Один из нас: «Хотите на буксир?»
И с важной простотой нам отвечает
Суровый голос: «Нет. Благодарю».

И, снова обогнув их, мы глядим
С молитвенной и полною душою
На тихо уходящий силуэт
Красавицы под всеми парусами…
На драгоценный камень фероньеры,
Горящий в смуглых сумерках чела.

Сестрорецкий курорт

В ДЮНАХ

Я не люблю пустого словаря
Любовных слов и жалких выражений:
«Ты мой». «Твоя». «Люблю». «Навеки твой».
Я рабства не люблю. Свободным взором
Красивой женщине смотрю в глаза
И говорю: «Сегодня ночь. Но завтра —
Сияющий и новый день. Приди.
Бери меня, торжественная страсть.
А завтра я уйду — и запою».

Моя душа проста. Соленый ветер
Морей и смольный дух сосны
Ее питал. И в ней — все те же знаки,

Что на моем обветренном лице.
И я прекрасен — нищей красотою
Зыбучих дюн и северных морей.

Так думал я, блуждая по границе
Финляндии, вникая в темный говор
Небритых и зеленоглазых финнов.
Стояла тишина. И у платформы

Готовый поезд разводил пары.
И русская таможенная стража
Лениво отдыхала на песчаном
Обрыве, где кончалось полотно.
Там открывалась новая страна –
И русский бесприютный храм глядел
В чужую незнакомую страну.

Так думал я. И вот она пришла
И встала на откосе. Были рыжи
Ее глаза от солнца и песка.
И волосы, смолистые как сосны,
В отливах синих падали на плечи.
Пришла. Скрестила свой звериный взгляд
С моим звериным взглядом. Засмеялась
Высоким смехом. Бросила в меня
Пучок травы и золотую горсть
Песку. Потом – вскочила
И, прыгая, помчалась под откос...

Я гнал ее далеко. Исцарапал
Лицо о хвои, окровавил руки
И платье изорвал. Кричал и гнал
Ее, как зверя, вновь кричал и звал,
И страстный голос был как звуки рога.
Она же оставляла легкий след
В зыбучих дюнах и пропала в соснах,
Когда их заплела ночная синь.

И я лежу, от бега задыхаясь,
Один, в песке. В пылающих глазах
Еще бежит она — и вся хохочет:
Хохочут волосы, хохочут ноги,
Хохочет платье, вздутое от бега...
Лежу и думаю: «Сегодня ночь
И завтра ночь. Я не уйду отсюда,
Пока не затравлю ее, как зверя,
И голосом, зовущим, как рога,
Не прегражу ей путь. И не скажу:
«Моя! Моя!» — И пусть она мне крикнет:
«Твоя! Твоя!»

Июнь — июль 1907
Дюны

Тень Данте с профилем орлиным

Из цикла «ИТАЛЬЯНСКИЕ СТИХИ» (1909)

Sic finit occulte sic multos
decipit aetas
Sic venit ad finem quidquid
in orbe manet
Heu heu praeteritum non est
revocabile tempus
Heu propius tacito mors venit
ipsa pede[1].

Надпись под часами в церкви
Santa Maria Novella (Флоренция)

РАВЕННА

Всё, что минутно, всё, что бренно,
Похоронила ты в веках.
Ты, как младенец, спишь, Равенна,
У сонной вечности в руках.

---

[1] Так незаметно многих уничтожают годы,
Так приходит к концу всё сущее в мире;
Увы, увы, невозвратимо минувшее время,
Увы, торопится смерть неслышным шагом. (*Лат.*).

Рыбы сквозь римские ворота
Уже не ввозят мозайк.
И догорает позолота
В стенах прохладных базилик.

От медленных лобзаний влаги
Нежнее грубый свод гробниц,
Где зеленеют саркофаги
Святых монахов и цариц.

Безмолвны гробовые залы,
Тенист и хладен их порог,
Чтоб черный взор блаженной Галлы,
Проснувшись, камня не прожег.

Военной брани и обиды
Забыт и стерт кровавый след,
Чтобы воскресший глас Плакиды
Не пел страстей протекших лет.

Далёко отступило море,
И розы оцепили вал,
Чтоб спящий в гробе Теодорих
О буре жизни не мечтал.

А виноградные пустыни,
Дома и люди — всё гроба.
Лишь медь торжественной латыни
Поет на плитах, как труба.

Лишь в пристальном и тихом взоре
Равеннских девушек, порой,
Печаль о невозвратном море
Проходит робкой чередой.

Лишь по ночам, склонясь к долинам,
Ведя векам грядущим счет,
Тень Данта с профилем орлиным
О Новой Жизни мне поет.

Май — июнь 1909

ДЕВУШКА ИЗ SPOLETO

Строен твой стан, как церковные свечи.
Взор твой — мечами пронзающий взор.
Дева, не жду ослепительной встречи —
Дай, как монаху, взойти на костер!

Счастья не требую. Ласки не надо.
Лаской ли грубой тебя оскорблю?
Лишь, как художник, смотрю за ограду,
Где ты срываешь цветы, — и люблю!

Мимо, всё мимо — ты ветром гонима —
Солнцем палима — Мария! Позволь
Взору — прозреть над тобой херувима,
Сердцу — изведать сладчайшую боль!

Тихо я в темные кудри вплетаю
Тайных стихов драгоценный алмаз.
Жадно влюбленное сердце бросаю
В темный источник сияющих глаз.

3 июня 1909

ВЕНЕЦИЯ

1

С ней уходил я в море,
С ней покидал я берег,
С нею я был далёко,
С нею забыл я близких…

О, красный парус
В зеленой да́ли!
Черный стеклярус
На темной шали!

Идет от сумрачной обедни,
Нет в сердце крови…
Христос, уставший крест нести…

Адриатической любови —
Моей последней —
Прости, прости!

9 мая 1909

2

Евг. Иванову

Холодный ветер от лагуны.
Гондол безмолвные гроба.
Я в эту ночь — больной и юный —
Простерт у львиного столба.

На башне, с песнию чугунной,
Гиганты бьют полночный час.
Марк утопил в лагуне лунной
Узорный свой иконостас.

В тени дворцовой галлереи,
Чуть озаренная луной,
Таясь, проходит Саломея
С моей кровавой головой.

Всё спит — дворцы, каналы, люди,
Лишь призрака скользящий шаг,
Лишь голова на черном блюде
Глядит с тоской в окрестный мрак.

Август 1909

ФЛОРЕНЦИЯ

1

Умри, Флоренция, Иуда,
Исчезни в сумрак вековой!
Я в час любви тебя забуду,
В час смерти буду не с тобой!

О, Bella[1], смейся над собою,
Уж не прекрасна больше ты!
Гнилой морщиной гробовою
Искажены твои черты!

Хрипят твои автомобили,
Твои уродливы дома,

Всеевропейской желтой пыли
Ты предала себя сама!

Звенят в пыли велосипеды
Там, где святой монах сожжен,

---

[1] Прекрасная (*итал.*) – распространенное в Италии название Флоренции.

Где Леонардо сумрак ведал,
Беато снился синий сон!

Ты пышных Ме́дичей тревожишь,
Ты топчешь лилии свои,
Но воскресить себя не можешь
В пыли торговой толчеи!

Гнусавой мессы стон протяжный
И трупный запах роз в церквах –
Весь груз тоски многоэтажный –
Сгинь в очистительных веках!

Май – июнь 1909

2

Флоренция, ты ирис нежный;
По ком томился я один
Любовью длинной, безнадежной,
Весь день в пыли твоих Кашин?

О, сладко вспомнить безнадежность:
Мечтать и жить в твоей глуши;
Уйти в твой древний зной и в нежность
Своей стареющей души...

Но суждено нам разлучиться,
И через дальние края
Твой дымный ирис будет сниться,
Как юность ранняя моя.

Июнь 1909

5

Окна ложные на́ на небе черном,
И прожектор на древнем дворце.
Вот проходит она — вся в узорном
И с улыбкой на смуглом лице.

А вино уж мутит мои взоры
И по жилам огнем разлилось...
Что мне спеть в этот вечер, синьора?
Что мне спеть, чтоб вам сладко спалось?

Июнь 1909

* * *

Вот девушка, едва развившись,
Еще не потупляясь, не краснея,
Непостижимо черным взглядом
Смотрит мне навстречу.
Была бы на то моя воля,
Просидел бы я всю жизнь в Сеттиньяно,
У выветрившегося камня Септимия Севéра.
Смотрел бы я на камни, залитые солнцем,
На красивую загорелую шею и спину
Некрасивой женщины под дрожащими
тополями.

15 мая 1909
Settignano

СИЕНА

В лоне площади пологой
Пробивается трава.
Месяц острый, круторогий,
Башни — свечи божества.

О, лукавая Сиена,
Вся — колчан упругих стрел!
Вероломство и измена —
Твой таинственный удел!

От соседних лоз и пашен
Оградясь со всех сторон,
Острия церквей и башен
Ты вонзила в небосклон!

И томленьем дух влюбленный
Исполняют образа,
Где коварные мадонны
Щурят длинные глаза:

Пусть грозит младенцу буря,
Пусть грозит младенцу враг,
Мать глядится в мутный мрак,
Очи влажные сощуря!..

7 июня 1909

* * *

Глаза, опущенные скромно,
Плечо, закрытое фатой...
Ты многим кажешься святой,
Но ты, Мария, вероломна...

Быть с девой — быть во власти ночи,
Качаться на морских волнах...
И не напрасно эти очи
К мирянам ревновал монах:

Он в нише сумрачной церковной
Поставил с братией ее —
Подальше от мечты греховной,
В молитвенное забытье...

Однако, братьям надоело

. . . .

Конец преданьям и туманам!
Теперь во всех церквах она
Равно – монахам и мирянам
На поруганье предана...

Но есть один вздыхатель тайный
Красы божественной – поэт...
Он видит твой необычайный,
Немеркнущий, Мария, свет!

Он на коленях в нише темной
Замолит страстные грехи,
Замолит свой восторг нескромный,
Свои греховные стихи!

И ты, чье сердце благосклонно,
Не гневайся и не дивись,
Что взглянет он порой влюбленно
В твою ласкающую высь!

12 июня 1909

СИЕНСКИЙ СОБОР

Когда страшишься смерти скорой,
Когда твои неярки дни, —
К плитам Сиенского собора
Свой натруженный взор склони.

Скажи, где место вечной ночи?
Вот здесь — Сивиллины уста
В безумном трепете пророчат
О воскрешении Христа.

Свершай свое земное дело,
Довольный возрастом своим.
Здесь под резцом оцепенело
Всё то, над чем мы ворожим.

Вот — мальчик над цветком и с птицей,
Вот — муж с пергаментом в руках,
Вот — дряхлый старец над гробницей
Склоняется на двух клюках.

Молчи, душа. Не мучь, не трогай,
Не понуждай и не зови:
Когда-нибудь придет он, строгий,
Кристально-ясный час любви.

Июнь 1909

БЛАГОВЕЩЕНИЕ

С детских лет — видения и грезы,
Умбрии ласкающая мгла.
На оградах вспыхивают розы,
Тонкие поют колокола.

Слишком резвы милые подруги,
Слишком дерзок их открытый взор.
Лишь она одна в предвечном круге
Ткет и ткет свой шелковый узор.

Робкие томят ее надежды,
Грезятся несбыточные сны.
И внезапно — красные одежды
Дрогнули на золоте стены.

Всем лицом склонилась над шелками,
Но везде — сквозь золото ресниц —
Вихрь ли с многоцветными крылами,
Или ангел, распростертый ниц…

Темноликий ангел с дерзкой ветвью
Молвит: «Здравствуй! Ты полна красы!»
И она дрожит пред страстной вестью,
С плеч упали тяжких две косы...

Он поет и шепчет — ближе, ближе,
Уж над ней — шумящих крыл шатер...
И она без сил склоняет ниже
Потемневший, помутневший взор...

Трепеща, не верит: «Я ли, я ли?»
И рукою закрывает грудь...
Но чернеют пламенные дали —
Не уйти, не встать и не вздохнуть...

И тогда — незнаемою болью
Озарился светлый круг лица...
А над ними — символ своеволья —
Перуджийский гриф когтит тельца.

Лишь художник, занавесью скрытый, —
Он провидит страстной муки крест
И твердит: «Profani, procul ite,
Hic amoris locus sacer est»[1].

Май — июнь 1909
Perudgia — Spoleto

---

[1] Идите прочь, непосвященные: здесь свято место любви (*лат.*).

УСПЕНИЕ

Ее спеленутое тело
Сложили в молодом лесу.
Оно от мук помолодело,
Вернув бывалую красу.

Уже не шумный и не ярый,
С волненьем, в сжатые персты
В последний раз архангел старый
Влагает белые цветы.

Златит далекие вершины
Прощальным отблеском заря,
И над туманами долины
Встают усопших три царя.

Их привела, как в дни былые,
Другая, поздняя звезда.
И пастухи, уже седые,
Как встарь, сгоняют с гор стада.

И стражей вечному покою
Долины заступила мгла.
Лишь меж звездою и зарею
Златятся нимбы без числа.

А выше, по крутым оврагам
Поет ручей, цветет миндаль,
И над открытым саркофагом
Могильный ангел смотрит в даль.

4 июня 1909
Spoleto

О доблестях, о подвиге, о славе

* * *

О, весна без конца и без краю —
Без конца и без краю мечта!
Узнаю тебя, жизнь! Принимаю!
И приветствую звоном щита!

Принимаю тебя, неудача,
И удача, тебе мой привет!
В заколдованной области плача,
В тайне смеха — позорного нет!

Принимаю бессонные споры,
Утро в завесах темных окна,
Чтоб мои воспаленные взоры
Раздражала, пьянила весна!

Принимаю пустынные веси!
И колодцы земных городов!
Осветленный простор поднебесий
И томления рабьих трудов!

И встречаю тебя у порога —
С буйным ветром в змеиных кудрях,
С неразгаданным именем Бога
На холодных и сжатых губах...

Перед этой враждующей встречей
Никогда я не брошу щита...
Никогда не откроешь ты плечи...
Но над нами — хмельная мечта!

И смотрю, и вражду измеряю,
Ненавидя, кляня и любя:
За мученья, за гибель — я знаю —
Всё равно: принимаю тебя!

24 октября 1907

Из цикла «ВОЗМЕЗДИЕ»
(1908–1913)

* * *

О доблестях, о подвиге, о славе
Я забывал на горестной земле,
Когда твое лицо в простой оправе
Передо мной сияло на столе.

Но час настал, и ты ушла из дому.
Я бросил в ночь заветное кольцо.
Ты отдала свою судьбу другому,
И я забыл прекрасное лицо.

Летели дни, крутясь проклятым роем...
Вино и страсть терзали жизнь мою...
И вспомнил я тебя пред аналоем,
И звал тебя, как молодость свою...

Я звал тебя, но ты не оглянулась,
Я слезы лил, но ты не снизошла.
Ты в синий плащ печально завернулась,
В сырую ночь ты из дому ушла.

Не знаю, где приют своей гордыне
Ты, милая, ты, нежная, нашла...

Я крепко сплю, мне снится плащ твой синий,
В котором ты в сырую ночь ушла...

Уж не мечтать о нежности, о славе,
Все миновалось, молодость прошла!
Твое лицо в его простой оправе
Своей рукой убрал я со стола.

1908

ЗАБЫВШИЕ ТЕБЯ

И час настал. Свой плащ скрутило время,
И меч блеснул, и стены разошлись.
И я пошел с толпой — туда, за всеми,
В туманную и злую высь.

За кручами опять открылись кручи,
Народ роптал, вожди лишились сил.
Навстречу нам шли грозовые тучи,
Их молний сноп дробил.

И руки повисали, словно плети,
Когда вокруг сжимались кулаки,
Грозящие громам, рыдали дети,
И жены кутались в платки.

И я, без сил, отстал, ушел из строя,
За мной — толпа сопутников моих,
Нам не сияло небо голубое,
И солнце — в тучах грозовых.

Скитались мы, беспомощно роптали,
И прежних хижин не могли найти,
И, у ночных костров сходясь, дрожали,
Надеясь отыскать пути...

Напрасный жар. Напрасные скитанья.
Мечтали мы, мечтанья разлюбя.
Так — суждена безрадостность мечтанья
Забывшему Тебя.

1908

* * *

Она, как прежде, захотела
Вдохнуть дыхание свое
В мое измученное тело,
В мое холодное жилье.

Как небо, встала надо мною,
А я не мог навстречу ей
Пошевелить больной рукою,
Сказать, что тосковал о ней...

Смотрел я тусклыми глазами,
Как надо мной она грустит,
И больше не было меж нами
Ни слов, ни счастья, ни обид...

Земное сердце уставало
Так много лет, так много дней...
Земное счастье запоздало
На тройке бешеной своей!

Я, наконец, смертельно болен,
Дышу иным, иным томлюсь,
Закатом солнечным доволен
И вечной ночи не боюсь…

Мне вечность заглянула в очи,
Покой на сердце низвела,
Прохладной влагой синей ночи
Костер волненья залила…

1908

* * *

Весенний день прошел без дела
У неумытого окна;
Скучала за стеной и пела,
Как птица пленная, жена.

Я, не спеша, собрал бесстрастно
Воспоминанья и дела;
И стало беспощадно ясно:
Жизнь прошумела и ушла.

Еще вернутся мысли, споры,
Но будет скучно и темно;
К чему спускать на окнах шторы?
День догорел в душе давно.

1909

ШАГИ КОМАНДОРА

В. А. Зоргенфрею

Тяжкий плотный занавес у входа,
За ночным окном — туман.
Что теперь твоя постылая свобода,
Страх познавший Дон-Жуан?

Холодно и пусто в пышной спальне,
Слуги спят и ночь глуха.

Из страны блаженной, незнакомой, дальней
Слышно пенье петуха.

Что изменнику блаженства звуки?
Миги жизни сочтены.
Донна Анна спит, скрестив на сердце руки,
Донна Анна видит сны…

Чьи черты жестокие застыли,
В зеркалах отражены?
Анна, Анна, сладко ль спать в могиле?
Сладко ль видеть неземные сны?

Жизнь пуста, безумна и бездонна!
Выходи на битву, старый рок!

И в ответ — победно и влюбленно —
В снежной мгле поет рожок...

Пролетает, брызнув в ночь огнями,
Черный, тихий, как сова, мотор.
Тихими, тяжелыми шагами
В дом вступает Командор...

Настежь дверь. Из непомерной стужи,
Словно хриплый бой ночных часов —
Бой часов: «Ты звал меня на ужин.
Я пришел. А ты готов?..»

На вопрос жестокий нет ответа,
Нет ответа — тишина.
В пышной спальне страшно в час рассвета,
Слуги спят, и ночь бледна.

В час рассвета холодно и странно,
В час рассвета — ночь мутна.
Дева Света! Где ты, донна Анна?
Анна! Анна! — Тишина.

Только в грозном утреннем тумане
Бьют часы в последний раз:
Донна Анна в смертный час твой встанет.
Анна встанет в смертный час.

1910–1912

Из цикла «ЯМБЫ»
(1907–1914)

* * *

О, я хочу безумно жить:
Все сущее — увековечить,
Безличное — вочеловечить,
Несбывшееся — воплотить!

Пусть душит жизни сон тяжелый,
Пусть задыхаюсь в этом сне, —
Быть может, юноша веселый
В грядущем скажет обо мне:

Простим угрюмство — разве это
Сокрытый двигатель его?
Он весь — дитя добра и света,
Он весь — свободы торжество!

1914

* * *

Не спят, не помнят, не торгуют.
Над черным городом, как стон,
Стоит, терзая ночь глухую,
Торжественный пасхальный звон.

Над человеческим созданьем,
Которое он в землю вбил,
Над смрадом, смертью и страданьем
Трезвонят до потери сил…

Над мировою чепухою;
Над всем, чему нельзя помочь;
Звонят над шубкой меховою,
В которой ты была в ту ночь.

1909. Ревель

Из цикла «РАЗНЫЕ СТИХОТВОРЕНИЯ» (1908–1916)

ДРУЗЬЯМ

Молчите, проклятые струны!
А.Майков

Друг другу мы тайно враждебны,
Завистливы, глухи, чужды,
А как бы и жить и работать,
Не зная извечной вражды!

Что делать! Ведь каждый старался
Свой собственный дом отравить,
Все стены пропитаны ядом,
И негде главу преклонить!

Что делать! Изверившись в счастье,
От смеху мы сходим с ума,
И, пьяные, с улицы смотрим,
Как рушатся наши дома!

Предатели в жизни и дружбе,
Пустых расточители слов,
Что делать! Мы путь расчищаем
Для наших далеких сынов!

Когда под забором в крапиве
Несчастные кости сгниют,
Какой-нибудь поздний историк
Напишет внушительный труд…

Вот только замучит, проклятый,
Ни в чем не повинных ребят
Годами рожденья и смерти
И ворохом скверных цитат…

Печальная доля — так сложно,
Так трудно и празднично жить,
И стать достояньем доцента,
И критиков новых плодить…

Зарыться бы в свежем бурьяне,
Забыться бы сном навсегда!
Молчите, проклятые книги!
Я вас не писал никогда!

1908

ПОЭТЫ

За городом вырос пустынный квартал
На почве болотной и зыбкой.
Там жили поэты, — и каждый встречал
Другого надменной улыбкой.

Напрасно и день светозарный вставал
Над этим печальным болотом:
Его обитатель свой день посвящал
Вину и усердным работам.

Когда напивались, то в дружбе клялись,
Болтали цинично и прямо,
Под утро их рвало. Потом, запершись,
Работали тупо и рьяно.

Потом вылезали из будок, как псы,
Смотрели, как море горело.
И золотом каждой прохожей косы
Пленялись со знанием дела.

Разнежась, мечтали о веке златом,
Ругали издателей дружно,
И плакали горько над малым цветком,
Над маленькой тучкой жемчужной...

Так жили поэты. Читатель и друг!
Ты думаешь, может быть — хуже
Твоих ежедневных бессильных потуг,
Твоей обывательской лужи?

Нет, милый читатель, мой критик слепой.
По крайности, есть у поэта
И косы, и тучки, и век золотой,
Тебе ж недоступно все это!..

Ты будешь доволен собой и женой,
Своей конституцией куцой,
А вот у поэта — всемирный запой,
И мало ему конституций!

Пускай я умру под забором, как пес,
Пусть жизнь меня в землю втоптала, —
Я верю: то Бог меня снегом занес,
То вьюга меня целовала!

1908

* * *

Всё это было, было, было,
Свершился дней круговорот.
Какая ложь, какая сила
Тебя, прошедшее, вернет?

В час утра, чистый и хрустальный,
У стен Московского Кремля,
Восторг души первоначальный
Вернет ли мне моя земля?

Иль в ночь на Пасху, над Невою,
Под ветром, в стужу, в ледоход –
Старуха нищая клюкою
Мой труп спокойно шевельнет?

Иль на возлюбленной поляне
Под шелест осени седой
Мне тело в дождевом тумане
Расклюет коршун молодой?

Иль просто в час тоски беззвездной,
В каких-то четырех стенах,
С необходимостью железной
Усну на белых простынях?

И в новой жизни, непохожей,
Забуду прежнюю мечту,
И буду так же помнить дожей,
Как нынче помню Калиту?

Но верю — не пройдет бесследно
Все, что так страстно я любил,
Весь трепет этой жизни бедной,
Весь этот непонятный пыл!

1909

СУСАЛЬНЫЙ АНГЕЛ

На разукрашенную елку
И на играющих детей
Сусальный ангел смотрит в щелку
Закрытых наглухо дверей.

А няня топит печку в детской,
Огонь трещит, горит светло...
Но ангел тает. Он — немецкий.
Ему не больно и тепло.

Сначала тают крылья крошки,
Головка падает назад,
Сломались сахарные ножки
И в сладкой лужице лежат...

Потом и лужица засохла,
Хозяйка ищет — нет его...
А няня старая оглохла,
Ворчит, не помнит ничего...

Ломайтесь, тайте и умрите,
Созданья хрупкие мечты.
Под ярким пламенем событий,
Под гул житейской суеты!

Так! Погибайте! Что́ в вас толку?
Пускай лишь раз, былым дыша,
О вас поплачет втихомолку
Шалунья девочка — душа…

1909

СОН

Моей матери

Я видел сон: мы в древнем склепе
Схоронены; а жизнь идет
Вверху — все громче, все нелепей;
И день последний настает,

Чуть брезжит утро Воскресенья.
Труба далекая слышна.
Над нами — красные каменья
И мавзолей из чугуна.

И Он идет из дымной дали;
И ангелы с мечами — с Ним:
Такой, как в книгах мы читали,
Скучая и не веря им.

Под аркою того же свода
Лежит спокойная жена;
Но ей не дорога свобода:
Не хочет воскресать она...

И слышу, мать мне рядом шепчет:
«Мой сын, ты в жизни был силен:
Нажми рукою свод покрепче,
И камень будет отвален». —

«Нет, мать. Я задохнулся в гробе,
И больше нет бывалых сил.
Молитесь и просите обе,
Чтоб ангел камень отвалил».

1910

* * *

Ты помнишь? В нашей бухте сонной
Спалá зеленая вода,
Когда кильватерной колонной
Вошли военные суда.

Четыре — серых. И вопросы
Нас волновали битый час,
И загорелые матросы
Ходили важно мимо нас.

Мир стал заманчивей и шире,
И вдруг — суда уплыли прочь.
Нам было видно: все четыре
Зарылись в океан и в ночь.

И вновь обычным стало море,
Маяк уныло замигал,
Когда на низком семафоре
Последний отдали сигнал…

Как мало в этой жизни надо
Нам, детям — и тебе и мне.
Ведь сердце радоваться радо
И самой малой новизне.

Случайно на ноже карманном
Найди пылинку дальних стран —
И мир опять предстанет странным,
Закутанным в цветной туман!

1911–1914
Aber' Wrach, Finistère

* * *

Благословляю всё, что было,
Я лучшей доли не искал.
О, сердце, сколько ты любило!
О, разум, сколько ты пылал!

Пускай и счастие и муки
Свой горький положили след,
Но в страстной буре, в долгой скуке —
Я не утратил прежний свет.

И ты, кого терзал я новым,
Прости меня. Нам быть — вдвоем.
Всё то, чего не скажешь словом,
Узнал я в облике твоем.

Глядят внимательные очи,
И сердце бьет, волнуясь, в грудь,
В холодном мраке снежной ночи
Свой верный продолжая путь.

1912

ХУДОЖНИК

В жаркое лето и зиму метельную,
В дни ваших свадеб, торжеств, похорон,
Жду, чтоб спугнул мою скуку смертельную
Легкий, доселе не слышанный звон.

Вот он — возник. И с холодным вниманием
Жду, чтоб понять, закрепить и убить.
И перед зорким моим ожиданием
Тянет он еле приметную нить.

С моря ли вихрь? Или сирины райские
В листьях поют? Или время стоит?

Или осыпали яблони майские
Снежный свой цвет? Или ангел летит?

Длятся часы, мировое несущие.
Ширятся звуки, движенье и свет.
Прошлое страстно глядится в грядущее.
Нет настоящего. Жалкого — нет.

И, наконец, у предела зачатия
Новой души, неизведанных сил, —
Душу сражает, как громом, проклятие:
Творческий разум осилил — убил.

И замыкаю я в клетку холодную
Легкую, добрую птицу свободную,
Птицу, хотевшую смерть унести,
Птицу, летевшую душу спасти.

Вот моя клетка — стальная, тяжелая,
Как золотая, в вечернем огне.
Вот моя птица, когда-то веселая,
Обруч качает, поет на окне.

Крылья подрезаны, песни заучены.
Любите вы под окном постоять?
Песни вам нравятся. Я же, измученный,
Нового жду — и скучаю опять.

1913

* * *

Похоронят, зароют глубоко,
Бедный холмик травой порастет,
И услышим: далеко, высоко,
На земле где-то дождик идет.

Ни о чем уж мы больше не спросим,
Пробудясь от ленивого сна.
Знаем: если не громко — там осень,
Если бурно — там значит весна.

Хорошо, что в дремотные звуки
Не вступают восторг и тоска,
Что от муки любви и разлуки
Упасла гробовая доска.

Торопиться не надо, уютно;
Здесь, пожалуй, надумаем мы,
Чтó под жизнью беспутной и путной
Разумели людские умы.

1915

* * *

На улице — дождик и слякоть,
Не знаешь, о чем горевать.
И скучно, и хочется плакать,
И некуда силы девать.

Глухая тоска без причины
И дум неотвязный угар.
Давай-ка наколем лучины,
Раздуем себе самовар.

Авось, хоть за чайным похмельем
Ворчливые речи мои
Затеплят случайным весельем
Сонливые очи твои.

За верность старинному чину!
За то, чтобы жить, не спеша!
Авось, и распарит кручину
Хлебнувшая чаю душа!

1915

* * *

Ты твердишь, что я холоден, замкнут и сух,
Да, таким я и буду с тобой:
Не для ласковых слов я выковывал дух,
Не для дружб я боролся с судьбой.

Ты и сам был когда-то мрачней и смелей,
По звездам прочитать ты умел,
Что грядущие ночи — темней и темней,
Что ночам неизвестен предел.

Вот — свершилось. Весь мир одичал, и окрест
Ни один не мерцает маяк.
И тому, кто не понял вещания звезд, —
Нестерпим окружающий мрак.

И у тех, кто не знал, что прошедшее есть,
Что грядущего ночь не пуста, —
Затуманила сердце усталость и месть,
Отвращенье скривило уста...

Было время надежды и веры большой —
Был я прост и доверчив, как ты.
Шел я к людям с открытой и детской душой,
Не пугаясь людской клеветы...

А теперь — тех надежд не отыщешь следа,
Все к далеким звездам унеслось,
И, к кому шел с открытой душою тогда,
От того отвернуться пришлось.

И сама та душа, что, пылая, ждала,
Треволненьям отдаться спеша, —
И враждой, и любовью она изошла,
И сгорела она, та душа.

И осталось — улыбкой сведенная бровь,
Сжатый рот и печальная власть
Бунтовать ненасытную женскую кровь,
Зажигая звериную страсть...

Не стучись же напрасно у плотных дверей,
Тщетным стоном себя не томи.
Ты не встретишь участья у бедных зверей,
Называвшихся прежде людьми.

Ты — железною маской лицо закрывай,
Поклоняясь священным гробам,
Охраняя железом до времени рай,
Недоступный безумным рабам.

1916

Из цикла «АРФЫ И СКРИПКИ» (1908–1916)

* * *

Я пригвожден к трактирной стойке.
Я пьян давно. Мне всё — равно.
Вон счастие мое — на тройке
В сребристый дым унесено…

Летит на тройке, потонуло
В снегу времен, в дали веков…
И только душу захлестнуло
Сребристой мглой из-под подков…

В глухую темень искры мечет,
От искр всю ночь, всю ночь светло…
Бубенчик под дугой лепечет
О том, что счастие прошло…

И только сбруя золотая
Всю ночь видна… Всю ночь слышна…
А ты, душа… душа глухая…
Пьяным пьяна… пьяным пьяна…

1908

* * *

Всё на земле умрет — и мать, и младость,
Жена изменит, и покинет друг.
Но ты учись вкушать иную сладость,
Глядясь в холодный и полярный круг.

Бери свой челн, плыви на дальний полюс
В стенах из льда — и тихо забывай,
Как там любили, гибли и боролись…
И забывай страстей бывалый край.

И к вздрагиваньям медленного хлада
Усталую ты душу приучи,
Чтоб было *здесь* ей ничего не надо,
Когда *оттуда* ринутся лучи.

1909

* * *

В неуверенном, зыбком полете
Ты над бездной взвился и повис.
Что-то древнее есть в повороте
Мертвых крыльев, подогнутых вниз.

Как ты можешь летать и кружиться
Без любви, без души, без лица?
О, стальная, бесстрастная птица,
Чем ты можешь прославить Творца?

В серых сферах летай и скитайся,
Пусть оркестр на трибуне гремит,
Но под легкую музыку вальса
Остановится сердце — и винт.

1910

СЕДОЕ УТРО

Утро туманное, утро седое…

Тургенев

Утреет. С Богом! По домам!
Позвякивают колокольцы.
Ты хладно жмешь к моим губам
Свои серебряные кольцы,
И я – который раз подряд –
Целую кольцы, а не руки…
В плече, откинутом назад, –
Задор свободы и разлуки,
Но, еле видная за мглой,
За дождевою, за докучной…
И взгляд, как уголь под золой,
И голос утренний и скучный…
Нет, жизнь и счастье до утра
Я находил не в этом взгляде!
Не этот голос пел вчера
С гитарой вместе на эстраде!
Как мальчик, шаркнула; поклон
Отвешивает… «До свиданья…»
И звякнул о браслет жетон

(Какое-то воспоминанье)...
Я, молча, на нее гляжу,
Сжимаю пальцы ей до боли...
Ведь нам уж не встречаться боле...
Что ж на прощанье ей скажу?..
«Прощай, возьми еще колечко.
Оденешь рученьку свою
И смуглое свое сердечко
В серебряную чешую...
Лети, как пролетала, тая,
Ночь огневая, ночь былая...
Ты, время, память притуши,
А путь снежком запороши».

1913

* * *

Как день, светла, но непонятна,
Вся — явь, но — как обрывок сна,
Она приходит с речью внятной,
И вслед за ней — всегда весна.

Вот здесь садится и болтает.
Ей нравится дразнить меня
И намекать, что всякий знает
Про тайный вихрь ее огня.

Но я, не вслушиваясь строго
В ее порывистую речь,
Слежу, как ширится тревога,
В сияньи глаз и в дрожи плеч.

Когда ж дойдут до сердца речи,
И опьянят ее духи,
И я влюблюсь в глаза и в плечи,
Как в вешний ветер, как в стихи, —

Сверкнет холодное запястье,
И, речь прервав, она сама
Уже твердит, что сила страсти —
Ничто пред холодом ума!..

1914

* * *

Превратила всё в шутку сначала,
Поняла — принялась укорять,
Головою красивой качала,
Стала слезы платком вытирать.

И, зубами дразня, хохотала,
Неожиданно все позабыв.
Вдруг припомнила все — зарыдала,
Десять шпилек на стол уронив.

Подурнела, пошла, обернулась,
Воротилась, чего-то ждала,
Проклинала, спиной повернулась
И, должно быть, навеки ушла...

Что ж, пора приниматься за дело,
За старинное дело свое, —
Неужели и жизнь отшумела,
Отшумела, как платье твое?

1916

Опять, как в годы золотые

Из цикла «РОДИНА»
(1907–1916)

* * *

Задебренные лесом кручи:
Когда-то там, на высоте,
Рубили деды сруб горючий
И пели о своем Христе.

Теперь пастуший кнут не свистнет,
И песни не споет свирель.
Лишь мох сырой с обрыва виснет,
Как ведьмы сбитая кудель.

Навеки непробудной тенью
Ресницы мхов опушены,
Спят, убаюканные ленью
Людской врагини – тишины.

И человек печальной цапли
С болотной кочки не спугнет,
Но в каждой тихой, ржавой капле –
Зачало рек, озер, болот.

И капли ржавые, лесные,
Родясь в глуши и темноте,
Несут испуганной России
Весть о сжигающем Христе.

1907–1914

РОССИЯ

Опять, как в годы золотые,
Три стертых треплются шлеи,
И вязнут спицы расписные
В расхлябанные колеи...

Россия, нищая Россия,
Мне избы серые твои,
Твои мне песни ветровые, —
Как слезы первые любви!

Тебя жалеть я не умею,
И крест свой бережно несу...
Какому хочешь чародею
Отдай разбойную красу!

Пускай заманит и обманет, —
Не пропадешь, не сгинешь ты,
И лишь забота затуманит
Твои прекрасные черты...

Ну, что ж? Одной заботой боле —
Одной слезой река шумней,
А ты все та же — лес, да поле,
Да плат узорный до бровей...

И невозможное возможно,
Дорога долгая легка,
Когда блеснет в дали дорожной
Мгновенный взор из-под платка,
Когда звенит тоской острожной
Глухая песня ямщика!..

1908

* * *

Русь моя, жизнь моя, вместе ль нам маяться?
Царь, да Сибирь, да Ермак, да тюрьма!
Эх, не пора ль разлучиться, раскаяться...
Вольному сердцу на что твоя тьма?

Знала ли что? Или в Бога ты верила?
Что там услышишь из песен твоих?
Чудь начудила, да Меря намерила
Гатей, дорог, да столбов верстовых...

Лодки, да грады по рекам рубила ты,
Но до Царьградских святынь не дошла...
Соколов, лебедей в степь распустила ты —
Кинулась из степи черная мгла...

За́ море Черное, за́ море Белое
В черные ночи и белые дни
Дико глядится лицо онемелое,
Очи татарские мечут огни...

Тихое, долгое, красное зарево
Каждую ночь над становьем твоим…
Что же маячишь ты, сонное марево?
Вольным играешься духом моим?

1910

НА ЖЕЛЕЗНОЙ ДОРОГЕ

Марии Павловне Ивановой

Под насыпью, во рву некошеном,
Лежит и смотрит, как живая,
В цветном платке, на косы брошенном,
Красивая и молодая.

Бывало, шла походкой чинною
На шум и свист за ближним лесом.
Всю обойдя платформу длинную,
Ждала, волнуясь, под навесом.

Три ярких глаза набегающих —
Нежней румянец, круче локон:
Быть может, кто из проезжающих
Посмотрит пристальней из окон...

Вагоны шли привычной линией,
Подрагивали и скрипели;
Молчали желтые и синие,
В зеленых плакали и пели.

Вставали сонные за стеклами
И обводили ровным взглядом
Платформу, сад с кустами блеклыми,
Ее, жандарма с нею рядом…

Лишь раз гусар рукой небрежною
Облокотясь на бархат алый,
Скользнул по ней улыбкой нежною…
Скользнул — и поезд в даль умчало.

Так мчалась юность бесполезная,
В пустых мечтах изнемогая…
Тоска дорожная, железная
Свистела, сердце разрывая…

Да что — давно уж сердце вынуто!
Так много отдано поклонов,
Так много жадных взоров кинуто
В пустынные глаза вагонов…

Не подходите к ней с вопросами,
Вам все равно, а ей — довольно:
Любовью, грязью иль колесами
Она раздавлена — все больно.

1910

* * *

Приближается звук. И, покорна щемящему
звуку,
Молодеет душа.
И во сне прижимаю к губам твою прежнюю
руку,
Не дыша.

Снится, — снова я мальчик, и снова любовник,
И овраг, и бурьян,
И в бурьяне — колючий шиповник,
И вечерний туман.

Сквозь цветы и листы, и колючие ветки, я знаю,
Старый дом глянет в сердце
мое,
Глянет в небо опять, розовея от краю до краю,
И окошко твое.

Этот голос — он твой, и его непонятному звуку
Жизнь и горе отдам,
Хоть во сне, твою прежнюю милую руку
Прижимая к губам.

1912

НОВАЯ АМЕРИКА

Праздник радостный, праздник великий,
Да звезда из-за туч не видна...
Ты стоишь под метелицей дикой,
Роковая, родная страна.

За снегами, лесами, степями
Твоего мне не видно лица.
Только ль страшный простор пред очами,
Непонятная ширь без конца?

Утопая в глубоком сугробе,
Я на утлые санки сажусь.
Не в богатом покоишься гробе
Ты, убогая финская Русь!

Там прикинешься ты богомольной,
Там старушкой прикинешься ты,
Глас молитвенный, звон колокольный,
За крестами — кресты да кресты.

Только ладан твой синий и росный
Просквозит мне порою иным...
Нет, не старческий лик и не постный
Под московским платочком цветным!

Сквозь земные поклоны, да свечи,
Ектеньи, ектеньи, ектеньи —
Шепотливые, тихие речи,
Запылавшие щеки твои...

Дальше, дальше... И ветер рванулся,
Черноземным летя пустырем...
Куст дорожный по ветру метнулся,
Словно дьякон взмахнул орарем...

А уж там, за рекой полноводной,
Где пригнулись к земле ковыли,
Тянет гарью горючей, свободной,
Слышны гуды в далекой дали...

Иль опять это — стан половецкий
И татарская буйная крепь?
Не пожаром ли фески турецкой
Забуянила дикая степь?

Нет, не видно там княжьего стяга,
Не шеломами черпают Дон,
И прекрасная внучка варяга
Не клянет половецкий полон...

Нет, не вьются там по ветру чубы,
Не пестреют в степях бунчуки...
Там чернеют фабричные трубы,
Там заводские стонут гудки.

Путь степной — без конца, без исхода,
Степь, да ветер, да ветер, — и вдруг
Многоярусный корпус завода,
Города из рабочих лачуг...

На пустынном просторе, на диком
Ты все та, что была, и не та,
Новым ты обернулась мне ликом,
И другая волнует мечта...

Черный уголь — подземный мессия,
Черный уголь — здесь царь и жених,
Но не страшен, невеста, Россия,
Голос каменных песен твоих!

Уголь стонет, и соль забелелась,
И железная воет руда...
То над степью пустой загорелась
Мне Америки новой звезда!

1913

* * *

Грешить бесстыдно, непробудно,
Счет потерять ночам и дням,
И, с головой от хмеля трудной,
Пройти сторонкой в Божий храм.

Три раза преклониться долу,
Семь — осенить себя крестом,
Тайком к заплеванному полу
Горячим прикоснуться лбом.

Кладя в тарелку грошик медный,
Три, да еще семь раз подряд
Поцеловать столетний, бедный
И зацелованный оклад.

А, воротясь домой, обмерить
На тот же грош кого-нибудь,
И пса голодного от двери,
Икнув, ногою отпихнуть.

И под лампадой у иконы
Пить чай, отщелкивая счет,
Потом переслюнить купоны,
Пузатый отворив комод,

И на перины пуховые
В тяжелом завалиться сне… –
Да, и такой, моя Россия,
Ты всех краев дороже мне.

1914

* * *

Я не предал белое знамя,
Оглушенный криком врагов,
Ты прошла ночными путями,
Мы с тобой — одни у валов.

Да, ночные пути, роковые,
Развели нас и вновь свели,
И опять мы к тебе, Россия,
Добрели из чужой земли.

Крест и насыпь могилы братской,
Вот где ты теперь, тишина!
Лишь щемящей песни солдатской
Издали несется волна.

А вблизи — все пусто и немо,
В смертном сне — враги и друзья.
И горит звезда Вифлеема
Так светло, как любовь моя.

1914

* * *

З. Н. Гиппиус

Рожденные в года глухие
Пути не помнят своего.
Мы — дети страшных лет России —
Забыть не в силах ничего.

Испепеляющие годы!
Безумья ль в вас, надежды ль весть?
От дней войны, от дней свободы —
Кровавый отсвет в лицах есть.

Есть немота — то гул набата
Заставил заградить уста.
В сердцах, встревоженных когда-то,
Есть роковая пустота.

И пусть над нашим смертным ложем
Взовьется с криком воронье, —
Те, кто достойней, Боже, Боже,
Да узрят Царствие Твое!

1914

Ночь, улица, фонарь, аптека

Из цикла «СТРАШНЫЙ МИР»
(1909–1916)

К МУЗЕ

Есть в напевах твоих сокровенных
Роковая о гибели весть.
Есть проклятье заветов священных,
Поругание счастия есть.

И такая влекущая сила,
Что готов я твердить за молвой,
Будто ангелов ты низводила,
Соблазняя своей красотой...

И когда ты смеешься над верой,
Над тобой загорается вдруг
Тот неяркий, пурпурово-серый
И когда-то мной виденный круг.

Зла, добра ли? — Ты вся — не отсюда,
Мудрено про тебя говорят:
Для иных ты и Муза, и чудо.
Для меня ты — мученье и ад.

Я не знаю, зачем на рассвете,
В час, когда уже не было сил,
Не погиб я, но лик твой заметил
И твоих утешений просил?

Я хотел, чтоб мы были врагами,
Так за что ж подарила мне ты
Луг с цветами и твердь со звездами —
Все проклятье своей красоты?

И коварнее северной ночи,
И хмельней золотого Аи,
И любови цыганской короче
Были страшные ласки твои...

И была роковая отрада
В попираньи заветных святынь,
И безумная сердцу услада —
Эта горькая страсть, как полынь!

1912

* * *

Под шум и звон однообразный,
Под городскую суету
Я ухожу, душою праздный,
В метель, во мрак и в пустоту.

Я обрываю нить сознанья
И забываю, что и как...
Кругом – снега, трамваи, зданья,
А впереди – огни и мрак.

Что, если я, завороженный,
Сознанья оборвавший нить,
Вернусь домой уничиженный, –
Ты можешь ли меня простить?

Ты, знающая дальней цели
Путеводительный маяк,
Простишь ли мне мои метели,
Мой бред, поэзию и мрак?

Иль можешь лучше: не прощая,
Будить мои колокола,
Чтобы распутица ночная
От родины не увела?

1909

ДВОЙНИК

Однажды в октябрьском тумане
Я брел, вспоминая напев.
(О, миг непродажных лобзаний!
О, ласки некупленных дев!)
И вот, в непроглядном тумане
Возник позабытый напев.

И стала мне молодость сниться,
И ты, как живая, и ты...
И стал я мечтой уноситься
От ветра, дождя, темноты...
(Так ранняя молодость снится,
А ты-то, вернешься ли ты?)

Вдруг вижу — из ночи туманной,
Шатаясь, подходит ко мне
Стареющий юноша (странно,
Не снился ли мне он во сне?),
Выходит из ночи туманной
И прямо подходит ко мне.

И шепчет: «Устал я шататься,
Промозглым туманом дышать,
В чужих зеркалах отражаться
И женщин чужих целовать...»
И стало мне странным казаться,
Что я его встречу опять...

Вдруг — он улыбнулся нахально,
И нет близ меня никого...
Знаком этот образ печальный,
И где-то я видел его...
Быть может, себя самого
Я встретил на глади зеркальной?

1909

* * *

Поздней осенью из гавани
От заметенной снегом земли
В предназначенное плаванье
Идут тяжелые корабли.

В черном небе означается
Над водой подъемный кран,
И один фонарь качается
На оснеженном берегу.

И матрос, на борт не принятый,
Идет, шатаясь, сквозь буран.
Все потеряно, все выпито!
Довольно — больше не могу…

А берег опустелой гавани
Уж первый легкий снег занес…
В самом чистом, в самом нежном саване
Сладко ли спать тебе, матрос?

1909

НА ОСТРОВАХ

Вновь оснеженные колонны,
Елагин мост и два огня.
И голос женщины влюбленный.
И хруст песка и храп коня.

Две тени, слитых в поцелуе,
Летят у полости саней.
Но не таясь и не ревнуя,
Я с этой новой — с пленной — с ней.

Да, есть печальная услада
В том, что любовь пройдет, как снег.
О, разве, разве клясться надо
В старинной верности навек?

Нет, я не первую ласкаю
И в строгой четкости моей
Уже в покорность не играю
И царств не требую у ней.

Нет, с постоянством геометра
Я числю каждый раз без слов
Мосты, часовню, резкость ветра,
Безлюдность низких островов.

Я чту обряд: легко заправить
Медвежью полость на лету,
И, тонкий стан обняв, лукавить,
И мчаться в снег и темноту,

И помнить узкие ботинки,
Влюбляясь в хладные меха...
Ведь грудь моя на поединке
Не встретит шпаги жениха...

Ведь со свечой в тревоге давней
Ее не ждет у двери мать...
Ведь бедный муж за плотной ставней
Ее не станет ревновать...

Чем ночь прошедшая сияла,
Чем настоящая зовет,
Все только — продолженье бала,
Из света в сумрак переход...

1909

* * *

С мирным счастьем покончены счеты,
Не дразни, запоздалый уют.
Всюду эти щемящие ноты
Стерегут и в пустыню зовут.

Жизнь пустынна, бездомна, бездонна,
Да, я в это поверил с тех пор,
Как пропел мне сиреной влюбленной
Тот, сквозь ночь пролетевший мотор...

1910

* * *

Седые сумерки легли
Весной на город бледный.
Автомобиль пропел вдали
В рожок победный.

Глядись сквозь бледное окно,
К стеклу прижавшись плотно...
Глядись. Ты изменил давно,
Бесповоротно.

1910

В РЕСТОРАНЕ

Никогда не забуду (он был, или не был,
Этот вечер): пожаром зари
Сожжено и раздвинуто бледное небо,
И на желтой заре — фонари.

Я сидел у окна в переполненном зале.
Где-то пели смычки о любви.
Я послал тебе черную розу в бокале
Золотого, как небо, Аи.

Ты взглянула. Я встретил смущенно и дерзко
Взор надменный и отдал поклон.
Обратясь к кавалеру, намеренно резко
Ты сказала: «И этот влюблен».

И сейчас же в ответ что-то грянули струны,
Исступленно запели смычки...
Но была ты со мной всем презрением юным,
Чуть заметным дрожаньем руки...

Ты рванулась движеньем испуганной птицы,
Ты прошла, словно сон мой легка...
И вздохнули духи, задремали ресницы,
Зашептались тревожно шелка.

Но из глуби зеркал ты мне взоры бросала
И, бросая, кричала: «Лови!..»
А монисто бренчало, цыганка плясала
И визжала заре о любви.

1910

ДЕМОН

Прижмись ко мне крепче и ближе,
Не жил я — блуждал средь чужих...
О, сон мой! Я новое вижу
В бреду поцелуев твоих!

В томленьи твоем исступленном
Тоска небывалой весны
Горит мне лучом отдаленным
И тянется песней зурны.

На дымно-лиловые горы
Принес я на луч и на звук
Усталые губы и взоры
И плети изломанных рук.

И в горном закатном пожаре,
В разливах синеющих крыл,
С тобою, с мечтой о Тамаре,
Я, горний, навеки без сил...

И снится — в далеком ауле,
У склона бессмертной горы,

Тоскливо к нам в небо плеснули
Ненужные складки чадры…

Там стелется в пляске и плачет,
Пыль вьется и стонет зурна…
Пусть скачет жених — не доскачет!
Чеченская пуля верна.

1910

* * *

Там человек сгорел.

Фет

Как тяжело ходить среди людей
И притворяться непогибшим,
И об игре трагической страстей
Повествовать еще не жившим.

И, вглядываясь в свой ночной кошмар,
Строй находить в нестройном вихре чувства,
Чтобы по бледным заревам искусства
Узнали жизни гибельный пожар!

1910

* * *

Идут часы, и дни, и годы.
Хочу стряхнуть какой-то сон,
Взглянуть в лицо людей, природы,
Рассеять сумерки времен...

Там кто-то машет, дразнит светом
(Так зимней ночью, на крыльцо
Тень чья-то глянет силуэтом,
И быстро спрячется лицо).

Вот меч. Он был. Но он – не нужен.
Кто обессилил руку мне? –
Я помню: мелкий ряд жемчужин
Однажды ночью, при луне,

Больная, жалобная стужа,
И моря снеговая гладь...
Из-под ресниц сверкнувший ужас –
Старинный ужас (дай понять)...

Слова? — Их не было. — Что же было? —
Ни сон, ни явь. Вдали, вдали
Звенело, гасло, уходило
И отделялось от земли...

И умерло. А губы пели.
Прошли часы, или года...
(Лишь телеграфные звенели
На черном небе провода...)

И вдруг (как памятно, знакомо!)
Отчетливо, издалека
Раздался голос: Ecce homo! —
Меч выпал. Дрогнула рука...

И перевязан шелком душным
(Чтоб кровь не шла из черных жил),
Я был веселым и послушным,
Обезоруженный — служил.

Но час настал. Припоминая,
Я вспомнил: нет, я не слуга.
Так падай, перевязь цветная!
Хлынь, кровь, и обагри снега!

1910

УНИЖЕНИЕ

В черных сучьях дерев обнаженных
Желтый зимний закат за окном.
(К эшафоту на казнь осужденных
Поведут на закате таком.)

Красный штоф полинялых диванов,
Пропыленные кисти портьер...
В этой комнате, в звоне стаканов,
Купчик, шулер, студент, офицер...

Этих голых рисунков журнала
Не людская касалась рука...
И рука *подлеца* нажимала
Эту грязную кнопку звонка...

Чу! По мягким коврам прозвенели
Шпоры, смех, заглушенный дверьми...
Разве дом этот — дом в самом деле?
Разве *так* суждено меж людьми?

Разве рад я сегодняшней встрече?
Что ты ликом бела, словно плат?

Что в твои обнаженные плечи
Бьет огромный холодный закат?

Только губы с запекшейся кровью
На иконе твоей золотой
(Разве *это* мы звали любовью?)
Преломились безумной чертой...

В желтом, зимнем, огромном закате
Утонула (так пышно!) кровать...

Еще тесно дышать от объятий,
Но ты свищешь опять и опять...

Он не весел — твой свист замогильный...
Чу! Опять — бормотание шпор...
Словно змей, тяжкий, сытый и пыльный,
Шлейф твой с кресел ползет на ковер...

Ты смела! Так еще будь бесстрашней!
Я — не муж, не жених твой, не друг!
Так вонзай же, мой ангел вчерашний,
В сердце — острый французский каблук!

1911

АВИАТОР

Летун отпущен на свободу.
Качнув две лопасти свои,
Как чудище морское в воду,
Скользнул в воздушные струи.

Его винты поют, как струны...
Смотри: недрогнувший пилот
К слепому солнцу над трибуной
Стремит свой винтовой полет...

Уж в вышине недостижимой
Сияет двигателя медь...
Там, еле слышный и незримый,
Пропеллер продолжает петь...

Потом — напрасно ищет око:
На небе не найдешь следа:
В бинокле, вскинутом высоко,
Лишь воздух — ясный, как вода...

А здесь, в колеблющемся зное,
В курящейся над лугом мгле,
Ангары, люди, все земное –
Как бы придавлено к земле…

Но снова в золотом тумане,
Как будто неземной аккорд…
Он близок, миг рукоплесканий
И жалкий мировой рекорд!

Все ниже спуск винтообразный,
Все круче лопастей извив,
И вдруг… нелепый, безобразный
В однообразьи перерыв…

И зверь с умолкшими винтами
Повис пугающим углом…
Ищи отцветшими глазами
Опоры в воздухе… пустом!

Уж поздно: на траве равнины
Крыла измятая дуга…
В сплетеньи проволок машины
Рука – мертвее рычага…

Зачем ты в небе был, отважный,
В свой первый и последний раз?
Чтоб львице светской и продажной
Поднять к тебе фиалки глаз?

Или восторг самозабвенья
Губительный изведал ты,
Безумно возалкал паденья
И сам остановил винты?

Иль отравил твой мозг несчастный
Грядущих войн ужасный вид:
Ночной летун, во мгле ненастной
Земле несущий динамит?

1910–1912

ПЛЯСКИ СМЕРТИ

1

Как тяжко мертвецу среди людей
Живым и страстным притворяться!
Но надо, надо в общество втираться,
Скрывая для карьеры лязг костей…

Живые спят. Мертвец встает из гроба,
И в банк идет, и в суд идет, в сенат…
Чем ночь белее, тем чернее злоба,
И перья торжествующе скрипят.

Мертвец весь день трудится над докладом.
Присутствие кончается. И вот —
Нашептывает он, виляя задом,
Сенатору скабрезный анекдот…

Уж вечер. Мелкий дождь зашлепал грязью
Прохожих, и дома, и прочий вздор…
А мертвеца — к другому безобразью
Скрежещущий несет таксомотор.

В зал многолюдный и многоколонный
Спешит мертвец. На нем — изящный фрак.
Его дарят улыбкой благосклонной
Хозяйка-дура и супруг-дурак.

Он изнемог от дня чиновной скуки,
Но лязг костей музыкой заглушен...
Он крепко жмет приятельские руки –
Живым, живым казаться должен он!

Лишь у колонны встретится очами
С подругою – она, как он, мертва.
За их условно-светскими речами
Ты слышишь настоящие слова:

«Усталый друг, мне странно в этом зале». –
«Усталый друг, могила холодна». –
«Уж полночь». – «Да, но вы не приглашали
На вальс NN. Она в вас влюблена...»

А там – NN уж ищет взором страстным
Его, его – с волнением в крови...
В ее лице, девически прекрасном,
Бессмысленный восторг живой любви...

Он шепчет ей незначащие речи,
Пленительные для живых слова,
И смотрит он, как розовеют плечи,
Как на плечо склонилась голова...

И острый яд привычно-светской злости
С нездешней злостью расточает он...
«Как он умен! Как он в меня влюблен!»

В ее ушах – нездешний, странный звон:
То кости лязгают о кости.

1912

2

Ночь, улица, фонарь, аптека,
Бессмысленный и тусклый свет.
Живи еще хоть четверть века —
Все будет так. Исхода нет.

Умрешь — начнешь опять сначала,
И повторится все, как встарь:
Ночь, ледяная рябь канала,
Аптека, улица, фонарь.

1912

3

Пустая улица. Один огонь в окне.
Еврей-аптекарь охает во сне.

А перед шкапом с надписью Venena,
Хозяйственно согнув скрипучие колена,

Скелет, до глаз закутанный плащом,
Чего-то ищет, скалясь черным ртом...

Нашел... Но ненароком чем-то звякнул.
И череп повернул... Аптекарь крякнул,

Привстал — и на другой свалился бок...
А гость меж тем — заветный пузырек

Сует из-под плаща двум женщинам безносым
На улице, под фонарем белесым.

1912

4

Старый, старый сон: из мрака
Фонари бегут — куда?
Там — лишь черная вода,
Там — забвенье навсегда.

Тень скользит из-за угла,
К ней другая подползла.
Плащ распахнут, грудь бела,
Алый цвет в петлице фрака.

Тень вторая — стройный латник,
Иль невеста от венца?
Шлем и перья. Нет лица.
Неподвижность мертвеца.

В воротах гремит звонок,
Глухо щелкает замок.
Переходят за порог
Проститутка и развратник...

Воет ветер леденящий,
Пусто, тихо и темно.
Наверху горит окно.
Всё равно.

Как свинец, черна вода.
В ней — забвенье навсегда.
Третий призрак. Ты куда,
Ты, из тени в тень скользящий?

1914

5

Вновь богатый зол и рад,
Вновь унижен бедный.
С кровель каменных громад
Смотрит месяц бледный,

Насылает тишину,
Оттеняет крутизну
Каменных отвесов,
Черноту навесов...

Все бы это было зря,
Если б не было царя,
    Чтоб блюсти законы.

Только не ищи дворца,
Добродушного лица,
    Золотой короны.

Он — с далеких пустырей
В свете редких фонарей
    Появляется.

Шея скручена платком,
Под дырявым козырьком
    Улыбается.

1914

* * *

Миры летят. Года летят. Пустая
Вселенная глядит в нас мраком глаз.
А ты, душа, усталая, глухая,
О счастии твердишь, — в который раз?

Что счастие? Вечерние прохлады
В темнеющем саду, в лесной глуши?
Иль мрачные порочные услады
Вина, страстей, погибели души?

Что счастие? Короткий миг и тесный,
Забвенье, сон и отдых от забот...
Очнешься — вновь безумный, неизвестный
И за сердце хватающий полет...

Вздохнул, глядишь — опасность миновала...
Но в этот самый миг — опять толчок!
Запущенный куда-то, как попало,
Летит, жужжит, торопится волчок!

И, уцепясь за край скользящий, острый,
И слушая всегда жужжащий, острый,
Не сходим ли с ума мы в смене пестрой
Придуманных причин, пространств, времен?

Когда ж конец? Назойливому звуку
Не станет сил без отдыха внимать…
Как страшно все! Как дико! — Дай мне руку,
Товарищ, друг! Забудемся опять.

1912

* * *

Ночь без той, зовут кого
Светлым именем: Ленора.

Эдгар По

Осенний вечер был. Под звук дождя стеклянный
Решал все тот же я — мучительный вопрос,
Когда в мой кабинет, огромный и туманный,
Вошел тот джентльмен. За ним — лохматый пес.

На кресло у огня уселся гость устало,
И пес у ног его разлегся на ковер.
Гость вежливо сказал: «Ужель еще вам мало?
Пред Гением Судьбы пора смириться, сёр».

«Но в старости — возврат и юности,
и жара...» —
Так начал я... но он настойчиво прервал:
«Она — все та ж: *Линор безумного Эдгара.*
Возврата нет. — Еще? Теперь я все сказал».

И странно: жизнь была — восторгом, бурей,
адом,
А здесь — в вечерний час — с чужим наедине —
Под этим деловым, давно спокойным взглядом,
Представилась она гораздо проще мне...

Тот джентльмен ушел. Но пес со мной бессменно.
В час горький на меня уставит добрый взор,
И лапу жесткую положит на колено,
Как будто говорит: *Пора смириться, сёр.*

1912

* * *

Есть игра: осторожно войти,
Чтоб вниманье людей усыпить;
И глазами добычу найти;
И за ней незаметно следить.

Как бы ни был нечуток и груб
Человек, за которым следят, —
Он почувствует пристальный взгляд
Хоть в углах еле дрогнувших губ.
А другой — точно сразу поймет:
Вздрогнут плечи, рука у него;

Обернется — и нет ничего;
Между тем — беспокойство растет.

Тем и страшен невидимый взгляд,
Что его невозможно поймать;
Чуешь ты, но не можешь понять,
Чьи глаза за тобою следят.

Не корысть — не влюбленность, не месть;
Так — игра, как игра у детей:
И в собрании каждом людей
Эти тайные *сыщики* есть.

Ты и сам иногда не поймешь,
Отчего так бывает порой,
Что собою ты к людям придешь,
А уйдешь от людей — не собой.

Есть дурной и хороший есть глаз,
Только лучше б ничей не следил:
Слишком много есть в каждом из нас
Неизвестных, играющих сил...

О, тоска! Через тысячу лет
Мы не сможем измерить души:
Мы услышим полет всех планет,
Громовые раскаты в тиши...

А пока — в неизвестном живем
И не ведаем сил мы своих,
И, как дети, играя с огнем,
Обжигаем себя и других.

1913

* * *

Ну что же? Устало заломлены слабые руки,
И вечность сама загляделась в погасшие очи,
И муки утихли. А если б и были высокие
муки, —
Что нужды? — Я вижу печальное шествие ночи.

Ведь солнце, положенный круг обойдя,
закатилось.
Открой мои книги: там сказано все, что
свершится.
Да, был я пророком, пока это сердце молилось.
Молилось и пело тебя, но ведь ты — не царица.

Царем я не буду: ты власти мечты не делила.
Рабом я не стану: ты власти земли не хотела.
Вот новая ноша: пока не откроет могила
Сырые объятья, — тащиться без важного дела.

Но я — человек. И, паденье свое признавая,
Тревогу свою не смирю я: она все сильнее.
То *ревность по дому,* тревогою сердце снедая,
Твердит неотступно: *Что делаешь, делай
скорее.*

1914

ЧЕРНАЯ КРОВЬ

1

В пол-оборота ты встала ко мне,
Грудь и рука твоя видится мне.

Мать запрещает тебе подходить,
Мне — искушенье тебя оскорбить!

Нет, опустил я напрасно глаза,
Дышит, преследует, близко — гроза...

Взор мой горит у тебя на щеке,
Трепет бежит по дрожащей руке...

Ширится круг твоего мне огня,
Ты, и не глядя, глядишь на меня!

Пеплом подернутый бурый костер —
Твой не глядящий, скользящий твой взор!

Нет! Не смирит эту черную кровь
Даже — свиданье, даже — любовь!

1914

2

Я гляжу на тебя. Каждый демон во мне
Притаился, глядит.
Каждый демон в тебе сторожит,
Притаясь в грозовой тишине…

И вздымается жадная грудь…
Этих демонов страшных вспугнуть?
Нет! Глаза отвратить, и не сметь, и не сметь
В эту страшную пропасть глядеть!

1914

3

Даже имя твое мне презренно,
Но, когда ты сощуришь глаза,
Слышу, воет поток многопенный,
Из пустыни подходит гроза.

Глаз молчит, золотистый и карий,
Горла тонкие ищут персты…
Подойди. Подползи. Я ударю –
И, как кошка, ощеришься ты…

1914

4

О, нет! Я не хочу, чтоб пали мы с тобой
В объятья страшные! Чтоб долго длились муки,
Когда – ни расплести сцепившиеся руки,
Ни разомкнуть уста – нельзя во тьме ночной!

Я слепнуть не хочу от молньи грозовой,
Ни слушать скрипок вой (неистовые звуки!),
Ни испытать прибой неизреченной скуки,
Зарывшись в пепел твой горящей головой!

Как первый человек, божественным сгорая,
Хочу вернуть навек на синий берег рая
Тебя, убив всю ложь и уничтожив яд…

Но ты меня зовешь! Твой ядовитый взгляд
Иной пророчит рай! – Я уступаю, зная,
Что твой змеиный рай – бездонной скуки ад.

1912

5

Вновь у себя… Унижен, зол и рад.
Ночь, день ли там, в окне?
Вон месяц, как паяц, над кровлями громад
Гримасу корчит мне…

Дневное солнце – прочь, раскаяние – прочь!
Кто смеет мне помочь?
В опустошенный мозг ворвется только ночь,
Ворвется только ночь!

В пустую грудь один, один проникнет взгляд,
Вопьется жадный взгляд…
Все отойдет навек, настанет никогда,
Когда ты крикнешь: Да!

1914

6

Испугом схвачена, влекома
В водоворот…
Как эта комната знакома!
И все навек пройдет?

И, в ужасе, несвязно шепчет…
И, скрыв лицо,
Пугливых рук свивает крепче
Певучее кольцо…

…И утра первый луч звенящий
Сквозь желтых штор…
И чертит Бог на теле спящей
Свой световой узор.

1914

7

Ночь, как века, и томный трепет,
И страстный бред,
Уст о блаженно-странном лепет,
В окне — старинный, слабый свет.

Несбыточные уверенья,
Нет, не слова —

То, что теряет всё значенье,
Забрежжит бледный день едва...

Тогда — во взгляде глаз усталом —
Твоя в нем ложь!
Тогда мой рот извивом алым
На твой таинственно похож!

1913

8

Я ее победил наконец!
Я завлек ее в мой дворец!

Три свечи в бесконечной дали.
Мы в тяжелых коврах, в пыли.

И под смуглым огнем трех свеч
Смуглый бархат открытых плеч,

Буря спутанных кос, тусклый глаз,
На кольце — померкший алмаз,

И обугленный рот в крови
Еще просит пыток любви...

А в провале глухих окон
Смутный шелест многих знамен,

Звон, и трубы, и конский топ,
И качается тяжкий гроб...

— О, любимый, мы не одни!
О, несчастный, гаси огни!..

— Отгони непонятный страх —
Это кровь прошумела в ушах.

Близок вой похоронных труб,
Смутен вздох охладевших губ:

— Мой красавец, позор мой, бич...
Ночь бросает свой мглистый клич,

Гаснут свечи, глаза, слова...
— Ты мертва, наконец, мертва!

Знаю, выпил я кровь твою...
Я кладу тебя в гроб и пою, —

Мглистой ночью о нежной весне
Будет петь твоя кровь во мне!

1909

9

Над лучшим созданием Божьим
Изведал я силу презренья,
Я палкой ударил ее.

Поспешно оделась. Уходит.
Ушла. Оглянулась пугливо
На сизые окна мои.

И нет ее. В сизые окна
Вливается вечер ненастный,
А дальше, за мраком ненастья,
Горит заревая кайма.

Далекие, влажные долы
И близкое, бурное счастье!
Один я стою и внимаю
Тому, что мне скрипки поют.

Поют они дикие песни
О том, что свободным я стал!
О том, что на лучшую долю
Я низкую страсть променял!

1910

ДЕМОН

Иди, иди за мной — покорной
И верною моей рабой.
Я на сверкнувший гребень горный
Взлечу с тобой.

Я пронесу тебя над бездной,
Ее бездонностью дразня.
Твой будет ужас бесполезный —
Лишь вдохновеньем для меня.

Я от дождя эфирной пыли
И от круженья охраню
Всей силой мышц и сенью крылий
И, вознося, не уроню.

И на горах, в сверканьи белом,
На незапятнанном лугу,
Божественно-прекрасным телом
Тебя я странно обожгу.

Ты знаешь ли, какая малость
Та человеческая ложь,
Та грустная земная жалость,
Что дикой страстью ты зовешь? —

Когда же вечер станет тише,
И, околдованная мной,
Ты полететь захочешь выше
Пустыней неба огневой, —

Да, я возьму тебя с собою
И вознесу тебя туда,
Где кажется земля звездою,
Землею кажется звезда.

И, онемев от удивленья,
Ты узришь новые миры —
Невероятные владенья,
Создания моей игра…

Дрожа от страха и бессилья
Тогда шепнешь ты: отпусти…
И, распустив тихонько крылья,
Я улыбнусь тебе: лети.

И под божественной улыбкой,
Уничтожаясь на лету,
Ты полетишь, как камень зыбкий,
В сияющую пустоту…

1916

ДВЕНАДЦАТЬ

1

Черный вечер.
Белый снег.
Ветер, ветер!
На ногах не стоит человек.
Ветер, ветер –
На всем божьем свете!

Завивает ветер
Белый снежок.
Под снежком – ледок.
Скользко, тяжко,
Всякий ходок
Скользит – ах, бедняжка!

От здания к зданию
Протянут канат.
На канате – плакат:
«Вся власть Учредительному Собранию!»
Старушка убивается – плачет,
Никак не поймет, что значит,

На что такой плакат,
Такой огромный лоскут?
Сколько бы вышло портянок для ребят,
А всякий — раздет, разут...

Старушка, как курица,
Кой-как перемотнулась через сугроб.
— Ох, Матушка-Заступница!
— Ох, большевики загонят в гроб!

Ветер хлесткий!
Не отстает и мороз!
И буржуй на перекрестке
В воротник упрятал нос.

А это кто? — Длинные волосы
И говорит вполголоса:
— Предатели!
— Погибла Россия!
Должно быть, писатель —
Вития...

А вон и долгополый —
Сторонкой — за сугроб...
Чтó нынче невеселый,
Товарищ поп?

Помнишь, как бывало
Брюхом шел вперед,

И крестом сияло
Брюхо на народ?..

Вон барыня в каракуле
К другой подвернулась:
— Ужь мы плакали, плакали…
Поскользнулась
И — бап — растянулась!

Ай, ай!
Тяни, подымай!

Ветер веселый
И зол, и рад.
Крутит подолы,
Прохожих ко́сит,
Рвет, мнет и носит
Большой плакат:
«Вся власть Учредительному Собранию»…
И слова доносит:

…И у нас было собрание…
…Вот в этом здании…
…Обсудили —
Постановили:
На время — десять, на́ ночь — двадцать пять…
…И меньше — ни с кого не брать.
…Пойдем спать…

Поздний вечер.
Пустеет улица.
Один бродяга
Сутулится,
Да свищет ветер…

Эй, бедняга!
Подходи —
Поцелуемся…

Хлеба!
Что́ впереди?
Проходи!

Черное, черное небо.

Злоба, грустная злоба
Кипит в груди…
Черная злоба, святая злоба…

Товарищ! Гляди В оба!

2

Гуляет ветер, порхает снег.
Идут двенадцать человек.

Винтовок черные ремни,
Кругом — огни, огни, огни…

В зубах — цыгарка, примят картуз,
На спину б надо бубновый туз!

Свобода, свобода,
Эх, эх, без креста!

Тра-та-та!

Холодно, товарищи, холодно!

— А Ванька с Катькой — в кабаке…
— У ей керенки есть в чулке!

— Ванюшка сам теперь богат…
— Был Ванька наш, а стал солдат!

— Ну, Ванька, сукин сын, буржуй,
Мою, попробуй, поцелуй!

Свобода, свобода,
Эх, эх, без креста!
Катька с Ванькой занята —
Чем, чем занята?..

Тра-та-та!

Кругом — огни, огни, огни…
Оплечь — ружейные ремни…

Революцьонный держите шаг!
Неугомонный не дремлет враг!

Товарищ, винтовку держи, не трусь!
Пальнем-ка пулей в Святую Русь —

В кондову́ю,
В избяну́ю,
В толстозадую!

Эх, эх, без креста!

3

Как пошли наши ребята
В красной гвардии служить —
В красной гвардии служить —
Буйну голову сложить!

Эх ты, горе-горькое,
Сладкое житье!
Рваное пальтишко, Австрийское ружье!

Мы на горе всем буржуям
Мировой пожар раздуем,
Мировой пожар в крови —
Господи, благослови!

4

Снег крутит, лихач кричит,
Ванька с Катькою летит —
Елекстрический фонарик
На оглобельках...
Ах, ах, пади!..

Он в шинелишке солдатской
С физиономией дурацкой
Крутит, крутит черный ус,
Да покручивает,
Да пошучивает…

Вот так Ванька — он плечист!
Вот так Ванька — он речист!
Катьку-дуру обнимает,
Заговаривает…

Запрокинулась лицом,
Зубки блещут жемчуго́м…
Ах ты, Катя, моя Катя,
Толстоморденькая…

5

У тебя на шее, Катя,
Шрам не зажил от ножа.
У тебя под грудью, Катя,
Та царапина свежа!

Эх, эх, попляши!
Больно ножки хороши!

В кружевном белье ходила —
Походи-ка, походи!

С офицерами блудила –
Поблуди-ка, поблуди!

Эх, эх, поблуди!
Сердце ёкнуло в груди!

Помнишь, Катя, офицера –
Не ушел он от ножа...
Аль не вспомнила, холера?
Али память не свежа?

Эх, эх, освежи,
Спать с собою положи!

Гетры серые носила,
Шоколад Миньон жрала,
С юнкерьем гулять ходила –
С солдатьем теперь пошла?

Эх, эх, согреши!
Будет легче для души!

6

...Опять навстречу несется вскачь,
Летит, вопит, орет лихач...

Стой, стой! Андрюха, помогай!
Петруха, сзаду забегай!..

Трах-тарарах-тах-тах-тах-тах!
Вскрутился к небу снежный прах!..

Лихач — и с Ванькой — наутек...
Еще разок! Взводи курок!..

Трах-тарарах! Ты будешь знать,
. . . .
Как с девочкой чужой гулять!..

Утек, подлец! Ужо, постой,
Расправлюсь завтра я с тобой!

А Катька где? — Мертва, мертва!
Простреленная голова!

Чтó, Катька, рада? — Ни гу-гу...
Лежи ты, падаль, на снегу!

Революцьонный держите шаг!
Неугомонный не дремлет враг!

7

И опять идут двенадцать,
За плечами — ружьеца.
Лишь у бедного убийцы
Не видать совсем лица...

Всё быстрее и быстрее
Уторапливает шаг.

Замотал платок на шее —
Не оправиться никак...

— Что, товарищ, ты не весел?
— Что, дружок, оторопел?
— Что, Петруха, нос повесил,
Или Катьку пожалел?

— Ох, товарищи, родные,
Эту девку я любил...
Ночки черные, хмельные
С этой девкой проводил...

— Из-за удали бедовой
В огневых ее очах,
Из-за родинки пунцовой
Возле правого плеча,
Загубил я, бестолковый,
Загубил я сгоряча... ах!

— Ишь, стервец, завел шарманку,
Что ты, Петька, баба, что ль?
— Верно, душу наизнанку
Вздумал вывернуть? Изволь!
— Поддержи свою осанку!
— Над собой держи контроль!

— Не такое нынче время,
Чтобы няньчиться с тобой!

Потяжеле будет бремя
Нам, товарищ дорогой!

И Петруха замедляет
Торопливые шаги...

Он головку вскидава́ет,
Он опять повеселел...

Эх, эх!
Позабавиться не грех!

Запирайте етажи,
Нынче будут грабежи!

Отмыкайте погреба —
Гуляет нынче голытьба!

8

Ох ты, горе-горькое!
Скука скучная,
Смертная!

Ужь я времячко
Проведу, проведу...

Ужь я темячко
Почешу, почешу...

Ужь я семячки
Полущу, полущу...

Ужь я ножичком
Полосну, полосну!

Ты лети, буржуй, воробышком!
Выпью кровушку
За зазнобушку,
Чернобровушку...

Упокой, господи, душу рабы твоея...

Скучно!

9

Не слышно шуму городского,
Над невской башней тишина,
И больше нет городового —
Гуляй, ребята, без вина!

Стоит буржуй на перекрестке
И в воротник упрятал нос.
А рядом жмется шерстью жесткой
Поджавший хвост паршивый пес.

Стоит буржуй, как пес голодный,
Стоит безмолвный, как вопрос.
И старый мир, как пес безродный,
Стоит за ним, поджавши хвост.

10

Разыгралась чтой-то вьюга,
Ой, вьюга́, ой, вьюга́!
Не видать совсем друг друга
За четыре за шага!

Снег воронкой завился,
Снег столбушкой поднялся…

– Ох, пурга какая, спасе!
– Петька! Эй, не завирайся!
От чего тебя упас
Золотой иконостас?
Бессознательный ты, право,
Рассуди, подумай здраво –
Али руки не в крови
Из-за Катькиной любви? –
Шаг держи революцьонный!
Близок враг неугомонный!

Вперед, вперед, вперед,
Рабочий народ!

11

…И идут без имени святого
Все двенадцать – вдаль.
Ко всему готовы,
Ничего не жаль…

Их винтовочки стальные
На незримого врага...
В переулочки глухие,
Где одна пылит пурга...
Да в сугробы пуховые —
Не утянешь сапога...

В очи бьется
Красный флаг.

Раздается
Мерный шаг.

Вот — проснется
Лютый враг...

И вьюга́ пылит им в очи
Дни и ночи
Напролет...

Вперед, вперед,
Рабочий народ!

12

...Вдаль идут державным шагом...
Кто еще там? Выходи!
Это — ветер с красным флагом
Разыгрался впереди...

Впереди – сугроб холодный.
– Кто в сугробе – выходи!..
Только нищий пес голодный
Ковыляет позади…

– Отвяжись ты, шелудивый,
Я штыком пощекочу!
Старый мир, как пес паршивый,
Провались – поколочу!

…Скалит зубы – волк голодный –
Хвост поджал – не отстает –
Пес холодный – пес безродный…
– Эй, откликнись, кто идет?

– Кто там машет красным флагом?
– Приглядись-ка, эка тьма!
– Кто там ходит беглым шагом,
Хоронясь за все дома?

– Всё равно, тебя добуду,
Лучше сдайся мне живьем!
– Эй, товарищ, будет худо,
Выходи, стрелять начнем!

Трах-тах-тах! – И только эхо
Откликается в домах…
Только вьюга долгим смехом
Заливается в снегах…

Трах-тах-тах!
Трах-тах-тах...

...Так идут державным шагом —
Позади — голодный пес,
Впереди — с кровавым флагом,
И за вьюгой невиди́м,
И от пули невредим,
Нежной поступью надвьюжной,
Снежной россыпью жемчужной,
В белом венчике из роз —
Впереди — Исус Христос.

Январь 1918

СОДЕРЖАНИЕ

Я ИСКАЛ ГОЛУБУЮ ДОРОГУ

Из цикла «ANTE LUCEM»
(1898–1900)

Из цикла «СТИХИ О ПРЕКРАСНОЙ ДАМЕ»
(1901–1902)

Из цикла «РАСПУТЬЯ»
(1902–1904)

Из цикла «ЗА ГРАНЬЮ ПРОШЛЫХ ДНЕЙ»

Из цикла «РАСПУТЬЯ»
(1902–1904)

Из цикла «РАЗНЫЕ СТИХОТВОРЕНИЯ»
(1904–1908)

ДЕВУШКА ПЕЛА В ЦЕРКОВНОМ ХОРЕ

Из цикла «ПУЗЫРИ ЗЕМЛИ»
(1904–1908)

Из цикла «РАЗНЫЕ СТИХОТВОРЕНИЯ»
(1904–1908)

И КАЖДЫЙ ВЕЧЕР В ЧАС НАЗНАЧЕННЫЙ

Из цикла «ГОРОД»
(1904–1908)

Из цикла «СНЕЖНАЯ МАСКА» (1907)

Из цикла «ФАИНА» (1906–1908)

ВОЛЬНЫЕ МЫСЛИ
(1907)

НОЧЬ, УЛИЦА, ФОНАРЬ, АПТЕКА

Из цикла «СТРАШНЫЙ МИР»
(1909–1916)

ТЕНЬ ДАНТА С ПРОФИЛЕМ ОРЛИНЫМ

Из цикла «ИТАЛЬЯНСКИЕ СТИХИ»
(1909)

О ДОБЛЕСТЯХ

Из цикла «РОДИНА»
(1907–1916)

Литературно-художественное издание

Блок Александр Александрович
НЕЗНАКОМКА

Ответственный редактор *А. Корина*
Художественный редактор *А. Новиков*
Компьютерная обработка *Г. Булгакова*
Технический редактор *В. Бардышева*
Компьютерная верстка *Д. Фирстов*
Корректор *О. Благова*

ООО «Издательство «Эксмо»
127299, Москва, ул. Клары Цеткин, д. 18/5. Тел. 411-68-86, 956-39-21.
Home page: **www.eksmo.ru** E-mail: **info@eksmo.ru**

Оптовая торговля книгами «Эксмо»:
ООО «ТД «Эксмо». 142702, Московская обл., Ленинский р-н, г. Видное,
Белокаменное ш., д. 1, многоканальный тел. 411-50-74.
E-mail: **reception@eksmo-sale.ru**

По вопросам приобретения книг «Эксмо» зарубежными оптовыми покупателями *обращаться в отдел зарубежных продаж ООО «ТД «Эксмо»*
E-mail: **foreignseller@eksmo-sale.ru**

International Sales: *For Foreign wholesale orders, please contact International Sales Department at* **foreignseller@eksmo-sale.ru**

По вопросам заказа книг «Эксмо» в специальном оформлении *обращаться в отдел корпоративных продаж ООО «ТД «Эксмо»* E-mail: **project@eksmo-sale.ru**

Оптовая торговля бумажно-беловыми и канцелярскими товарами для школы и офиса «Канц-Эксмо»: Компания «Канц-Эксмо»: 142700, Московская обл., Ленинский р-н, г. Видное-2, Белокаменное ш., д. 1, а/я 5. Тел./факс +7 (495) 745-28-87 (многоканальный). e-mail: **kanc@eksmo-sale.ru**, сайт: **www.kanc-eksmo.ru**

Подписано в печать 24.01.2007
Формат 60x90 1/32. Гарнитура «Петербург».
Печать офсетная. Бум. писч. Усл. печ. л. 12,0.
Доп. тираж 3000 экз. Заказ № 540

Отпечатано в ОАО «ИПК «Ульяновский Дом печати»
432980, г. Ульяновск, ул. Гончарова, 14